生き残りゲーム

ラストサバイバル

でてはいけないサバイバル教室

大久保開・作
北野詠一・絵

集英社みらい文庫

ミスターL
ラストサバイバルの大会主催者。世界一幸運で大金持ちな謎の男。
桜井リク
少し気弱な妹想いのやさしい小学6年生。ミスターLから一目置かれている主人公。
新庄ツバサ
いつもクールな茶髪のイケメン。意外と友情に厚い一面も…。
朱堂ジュン
明るく、運動神経バツグンで頭もいい。優勝候補の女の子！

ラストサバイバル 出場選手

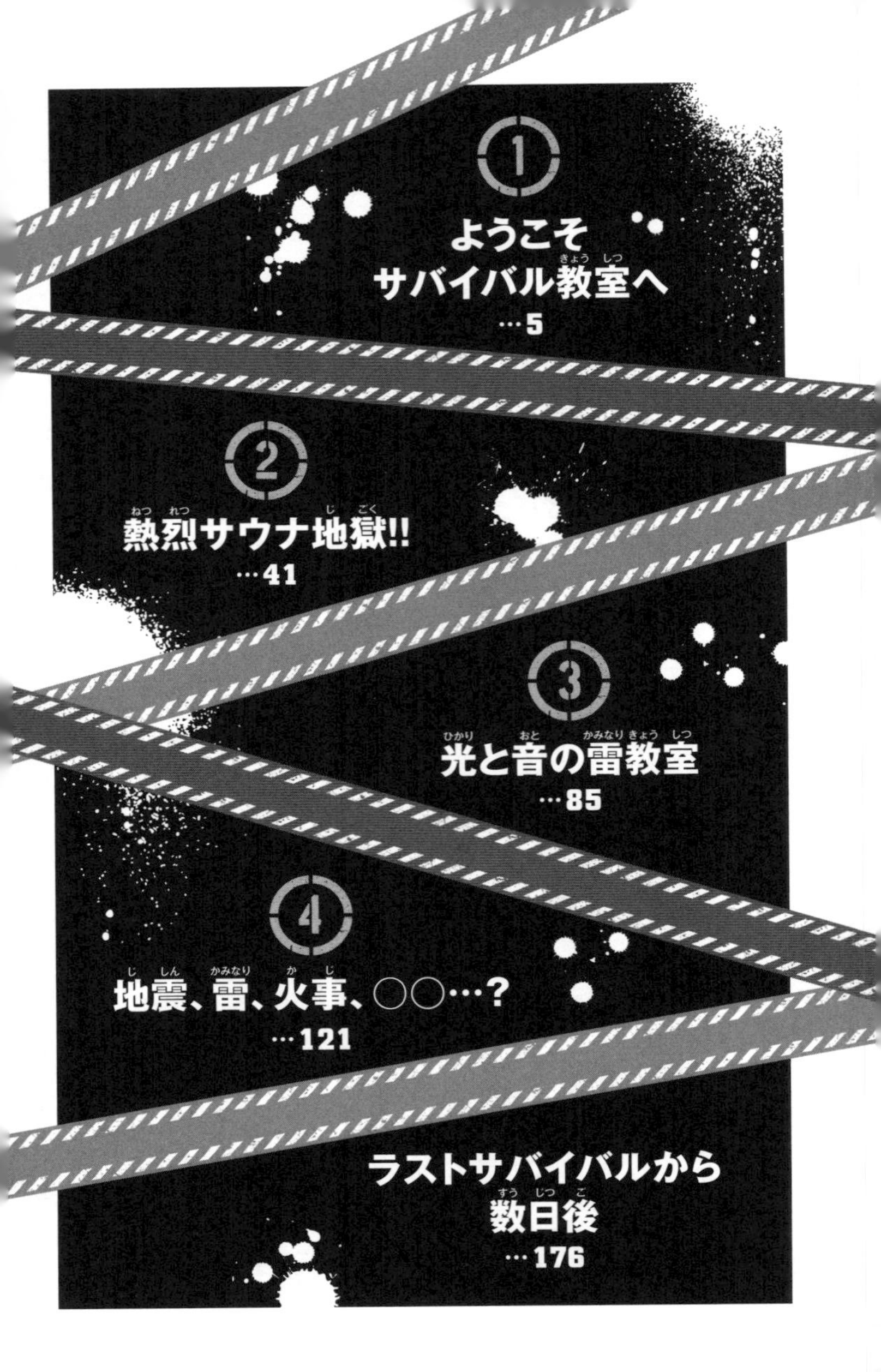

①ようこそサバイバル教室へ

ラストサバイバル
サバイバル教室のルール

ルール1

参加者は
教室からでてはいけない

ルール2

教室からでた参加者は
失格となる

ルール3

ルール①、ルール②以外は
なにをしてもよい

ルール4

最後の一人になった
参加者が優勝

ルール5

優勝すればなんでも
願いをかなえてもらえる

教室のなかは暑かった。

夏場に窓をしめきってストーブをつけたとしても、たぶんここまで暑くはならない。
まるでサウナみたいだと僕は思う。
イスの下には汗で水たまりができてるし、服だってびしょびしょだ。
頭のなかがぼうっとしている。
手のひらで顔をぬぐってみると、ぬるぬるしたものが手についた。
最初は汗かと思ったけど、それにしてはなんだか赤い。
鼻血だ、と僕は鼻をつまむ。
あわてるようなことじゃない。
昔、お風呂にずっとはいっていてのぼせたことがあるけど、それと同じだ。
鼻で息ができないから、口で息をしてみる。
頭から布団をかぶっているみたいに、すごく息苦しい。

ふつうのサウナだったら、一回外にでたほうがいいんだろうけど、いまの僕はこの教室からでるわけにはいかなかった。

『教室からでてはいけない』


それが今回の『サバイバル教室』のルールだからだ。

僕の名前は桜井リク、体育より音楽とか図工とかのほうが好きな小学6年生。

そんな僕はいま、**『ラストサバイバル』**っていう大会に出場している。

ラストサバイバルは、毎年50人の小学6年生を集めて、だれが1番になるのかを競う大会だ。

ラストサバイバルでなにをするのかっていうのは毎年変わる。

ひとつ前は、だれが一番長く歩けるかを競う『サバイバルウォーク』。

もうひとつ前は、満点がとれなかったらその場で失格となる『サバイバルテスト』。

他にも『サバイバルスイム』とか『サバイバル縄とび』とかいろんなものがある。

そのなかで今回の『サバイバル教室』は、だれが最後まで教室に残るのかを競う。

ラストサバイバルで優勝すれば、なんでも願いごとをかなえてもらえる。

たとえば『お金がほしい』でもいいし、『アイドルになりたい』でもいいし、『世界中を旅したい』でもいい。

もちろんそれは、最後の一人になるまでこの教室に残ることができたらの話だ。

だからどんなに苦しくたって、教室からでるわけにはいかない。

だって僕には、この大会で優勝しなくちゃいけない理由があるからだ。

ぜったいにかなえなきゃいけない願いごとがあるからだ。

奥歯を食いしばる。

前方をにらみつける。


その視線の先では、教室の前にいる白いライオン頭の男が、すずしい顔で僕のほうに笑みをうかべているところだった。

＊

「矢来小学校6年1組、桜井リクです」


心臓がバクバク鳴っていた。

あたらしいクラスの自己紹介のときでも、こんなに緊張したことはない。

僕はいま、校長室のなかにいた。

校長室にはいったのなんてこれが初めてだし、しかもそれが、自分の通っている小学校じゃなかったらなおさらだ。


「それじゃあリク君。そこにあるイスに座って」

そして、僕の目の前には、白いライオン頭の男が座っている。

ミスターL。それがその男の人の名前だ。

ミスターLは『世界一のお金持ち』とも言われるほどの大富豪だ。

本名はだれも知らないし、いつもなんらかの特殊メイクをしているから、その素顔はだれも見たことがない。

今回の特殊メイクはライオンだけど、どういう特殊メイクをしているのかは毎年変わる。

たとえばそれはシャチだったり、ワシだったり、あるいはフクロウだったりする。

特殊メイクは毎年変わるけど、ひとつだけ変わらないものがある。

それは、ミスターLはいつも白いかっこうをしているってことだ。

いまだってそうだ。高そうなつくえにかくれて足もとは見えないけど、髪とか、服とか、ここから見えるものはぜんぶ白い。

ライオン頭だけでもじゅうぶん目立つのに、全身が白ければなおさら目立つ。

「……失礼します」

そして僕はミスターLに言われたとおりに、校長室の真ん中にあるイスに座った。

「緊張しなくていいよ。なにもとって食おうってわけじゃないんだ」

ミスターLはライオンの牙をかちんと鳴らして、僕のほうをじっと見つめてきた。

その視線を受けて、僕はおもわず目をそらしそうになる。

ミスターLと目をあわせると、なんだか心をのぞかれているような、そんな気持ちになるからだ。

「じゃあリク君、最初に家族構成を教えてくれるかな？」

「お父さんとお母さん、僕と妹の四人家族です」

僕がそう答えると、ミスターLは「ふむ」とつぶやいて、質問をつづけた。

「君はお父さんとお母さん、どちらのほうが大事かな？」

僕は一瞬、その質問の意味がわからなかった。

聞きまちがいか、と思いながら、僕はミスターLに質問をする。

「……どういう意味ですか？」

「質問を変えよう。たとえば、お父さんとお母さん、どちらか一人しか助けられない状況のとき、君はどちらを助けるのかな？」

想像もしたくないようなひどいことを聞いているはずなのに、その言葉の裏で楽しんでいるっていうのが伝わってくる声だった。

「……たぶん……お母さんだと思います」

「なるほど……」

「もちろんそれは――」

「ああわかっている、もちろんそれは『たとえば』の話だ。それ以上の意味はないよ」

そう言ったあとで、ミスターLは一息ついた。そしてゆっくりと、僕になにかを見せびらかすように両手をひろげた。

「本題といこう。君はなぜ、今回のラストサバイバルに参加しようと思ったのかな？」

ラストサバイバル、とミスターLは語調を強めて言った。

ミスターLが言ったとおり、僕は今日、その大会に出場するためにここにきた。

ラストサバイバルで優勝すれば、ミスターLがなんでも願いをかなえてくれる。

現に僕は前回の『サバイバルウォーク』で優勝していちど願いをかなえてもらっている。

それだけ聞くとうらやましいって思うかもしれないけど、この大会で優勝するのはかんたんなことじゃない。

それこそ、一年分の苦しみを一気に味わうようなものだ。ひょっとしたら、もっとつらいかもしれない。

だから本当だったら、もう二度とこんな大会にでたくはなかった。

それでも、いまの僕にはこの大会にでなくちゃいけない理由があった。

優勝しなくちゃいけない理由があった。

「この大会で優勝して、お母さんを助けるためです」

お母さんを助ける。これが今回のラストサバイバルで優勝してかなえたい願いごとだ。

「助けるというのはどういうことかな？」

「2週間ぐらい前に、お母さんがたおれたんです」

「理由は？」

「お医者さんの話では、頭のなかになにかができているらしいです。僕のお母さんは半年ぐらい前、妹といっしょに交通事故にあっているんですけど、それが原因だろうって……」

お母さんがたおれたときのことを思いだすと、いまでも声がふるえてしまう。

本当にそれはとつぜんのことだった。

朝、お父さんがどこかに電話をしている声が聞こえて僕は目が覚めた。

なんだろうと思って、リビングに行ってみると、そこにお母さんがたおれていた。

初めは寝ているんだろうって思った。だけど、お父さんが電話で救急車を呼んでいるのを聞いて、大変なことになっているっていうのがわかった。

それからすぐに救急車が家にきて、お母さんを病院につれていった。

だけどお母さんは、目を覚まさなかった。

正直、信じられなかった。

夢じゃないかと、何度も思った。

だけど毎朝ならぶ朝ごはんのメニューを見て、目覚ましが鳴ったら起きなきゃいけない生活がつづいて、早くお風呂にはいりなさいって言われることがなくなって、これが夢じゃないってことがわかってきた。

これは夢じゃない。お母さんがたおれたのは、本当のことだったんだ。

胸にぽっかりと穴があいたみたいだった。

そんなときに、今回のラストサバイバルの招待状がきたんだ。

ふつうだったら、ラストサバイバルは一年に1回しかやらないはずなのに、今年は特別、もういちどラストサバイバルをやるっていうことが、その招待状には書かれていた。

「なるほど……では最後の質問だ」

ミスターLの声が少しだけ真剣なものに変わる。

その空気の変化を感じて、僕は息をのんだ。


「君はお母さんを助けるために、命をかける覚悟はあるかな?」


「……」

その質問に、僕はすぐ答えられなかった。

さっきの質問とちがって、いま聞かれているこれは『たとえば』の話じゃないっていうのが伝わってきたからだ。

冗談で聞かれているわけじゃない。だったら僕も冗談で答えるわけにはいかなかった。

「もちろん、あります」
そう、僕が答えた瞬間、花火のような声が校長室にひびいた。

**「エクセレント！
実にすばらしい！」**

と、ミスターLがさけぶと同時に、数えきれないほどのロケット花火が、ミスターLのうしろからびゅんびゅんと飛びはじめた。
打ちあがったロケット花火は、ところせましと校長室のなかを飛びまわる。

おもわず僕はイスの上で身をかがめた。

ぱん、ぱん、ぱん、と頭の上で爆発音がする。

音が聞こえなくなったところでゆっくりと顔をあげて、ミスターLのほうを見る。

「はっはっは、どうだいリク君？　この演出は楽しんでもらえたかな？」

火薬のにおいがまだ残っているなかで、うれしそうにミスターLが声をかけてくる。すぐうしろでロケット花火が飛びあがったはずなのに、その白い服にはこげあとひとつついていなかった。

「いやあ、それにしてもリク君。君がきてくれて本当にうれしいよ。今回のために、この学校を買ったかいがあるというものさ」

「……学校を、買った？」

「廃校になりそうだったところをちょちょいとね。初めて校長室のイスに座ったけど、なかなか気持ちがいいじゃないか」

ミスターLはイスをくるくるとまわして、まるで子供のようにはしゃいでいる。

「合格だよ、リク君。すぐにスタッフを呼んで会場に案内しよう」

合格と言われて、僕はほっと息をついた。とりあえず、これでラストサバイバルに参加はできる。問題は、今回のラストサバイバルでなにをするかっていう話だけど……。

「サバイバル教室」

すると、くるくるまわっていたミスターLがとつぜん止まって、にやりという笑みをうかべた。

「今回君達にしてもらう競技の名前さ。ルールは単純『教室からでてはいけない』。最後の一人になるまで教室に残ればみごと優勝。なんでも願いをかなえてあげるよ」

僕の反応を見るように、ミスターLはじっとこっちを見つめている。

「なにか質問はあるかな？」

質問、と言われて僕はふと頭にうかんだことを聞いてみることにした。

「どうして今年は、もういちどラストサバイバルを開催しようと思ったんですか？」

くりかえしになるけど、ラストサバイバルはふつう一年に1回しか開催しない大会だ。

だから僕みたいに2回ラストサバイバルにでる人っていうのは、いままでいなかったはずだ。

「かんたんに言うと、私が君に興味を持ったからさ」

僕の質問に、ミスターＬはそう答えた。

「君は前回のラストサバイバルで優勝したとき、君自身の願いではなく、いっしょに参加した友人の願いをかなえてあげただろう？」

ミスターＬに言われたとおり、僕は前回のラストサバイバルで優勝したとき『友達のお母さんの命を助けてほしい』っていうお願いをかなえてもらっている。

もちろん、それをしたことに後悔はしていないし、やりなおしたいとも思っていない。

「それで私は君に興味を持った。君のがんばりを見たいと思った。だから前回出場した子供達を集めて、もういちどラストサバイバルをしようと思ったんだよ」

「他の子達も集めたんですか？」

「ああそうだよ。なるべく前回と同じ状態でやりたいからね。まあやることはぜんぜんちがってくるんだけどさ」

そう言って、くっくっとミスターLが笑う。

前回出場した子がまた集まるってことは、前回知りあった友達ともういちど会えるかもしれないっていうことだ。

久しぶりに友達に会えるっていうのは楽しみでもあるし……少し不安でもあった。

なんてことを考えていると、扉のほうからノックの音が聞こえてくる。

「むかえがきたようだね。それじゃあ会場にむかってくれるかな。くわしいルールは――基本的にさっき言ったことがぜんぶなんだけど――移動中に説明されると思うからさ」

「わかりました。それじゃあ、失礼します」

そうして僕はイスから立ちあがり、校長室をあとにする。

ラストサバイバルで優勝するのはかんたんじゃない。

だから僕は、もういちど覚悟を固めた。


――だけどそのときの僕の覚悟なんて、あとから思いかえしてみれば、本当にちっぽけなものだったんだ。

*

「では、今回のルールをかんたんにではありますが説明させていただきます」

会場にむかうろうかの途中で、僕はスタッフから説明を受けていた。

「今回のサバイバル教室のルールはたったひとつです。『教室から外にでてはいけません』。先ほどわたしした腕時計にセンサーがしかけられておりまして、それが教室からでた時点で失格となります……なにか質問はありますか？」

「あ、いや……特にありません」

わたされた腕時計をつけながら答えると、それきり説明は終わってしまった。

コツコツと、ろうかを歩く音が静かにひびいている。

少なくとも、いまのところ別におかしなところはなかった。

廃校になりそうな学校をミスターＬが買ったって言っていたけど、あんまりボロボロな感じはしない。むしろ、僕がいま通っている小学校よりもきれいなぐらいだ。

「それでは、会場となりますのはこの教室になります」
スタッフにつれられて、僕は教室の前で立ち止まる。
『教室からでてはいけない』
それが今回のルールだ。
つまり、この扉をくぐった瞬間、そうかんたんにでることはできないってことだ。
左手につけた腕時計をにぎる。
深呼吸をひとつ。
あともどりはできない。負けることも許されない。
優勝して、お母さんを助ける。
心のなかで覚悟をきめて、僕は教室のドアをあけた。
——と、同時に、黒板消しが頭の上にあたった。

「……え？」

ぼふん、と黒板消しがチョークの粉をまき散らして、床の上に落っこちる。

すると、教室のなかからなんだか聞き覚えのある声が聞こえてきた。

「**よっしゃあ！　大成功！**　ほら見ろ朱堂、俺の黒板消し落としは百発百中だ！」

「百発百中って、まだ1回しか成功してないでしょ……ってあれ？」

教室の前のほうでは、声の大きな男の子と、背の高い女の子がならんで立っていた。

「ゲンキ君？　朱堂さん？」

その二人を見て、僕はおもわず声にだしていた。

声の大きな男の子は、山本ゲンキ君。

背の高い女の子は、朱堂ジュンさん。

二人とも前回のラストサバイバルでいっしょになった、僕の友達だ。

「おお、リク！　信じてたぜ。おまえだったら黒板消しにあたってくれるってよ！」

「え、そっち？」

ゲンキ君はケラケラと笑いながら、床に落ちている黒板消しをひろった。

底ぬけにパワフルで、そばにいるだけで力をもらえる存在。それがゲンキ君だ。

「久しぶり、リク」

「あ、うん。朱堂さんも久しぶり」

朱堂さんは、同級生とは思えないぐらいに大人っぽい女の子だ。

身長が高いのもそうだけど、表情とか話し方とかが、いつもよゆうに満ちている。

ちなみに、前回のラストサバイバルで僕が優勝したとき『友達のお母さんを助けてほしい』っていうお願いをしたけど、それは実は朱堂さんのお母さんのことだったりする。

「いやあ、それにしてもラッキーだな、ラストサバイバルってふつう一年に1回しかやらねえんだぜ？ それを特別にもう1回やることになったなんてよ」

うれしそうに——本当にうれしそうにゲンキ君は言った。

今回のラストサバイバルは、ミスターLが僕に興味を持ったから開催したと言っていた。

だからこそ、前回出場した子供達を集めたんだとも言っていた。

僕も久しぶりにゲンキ君達に会えたのはうれしいけど、それは裏を返せばライバルが増えたってことでもある。

「よーし、見てろおまえら、黒板消し落とし第2弾をやるぜ。百発百中だってことを証明してやる」

そんなことを考えていると、ゲンキ君が黒板消しを教室のドアの上にセットしはじめた。

そして、僕の腕を引っぱって、教室の前で次の子がくるのを待ちはじめる。

そのとき僕は、ざっと教室のなかを見わたしてみた。

教室のなかには、ふつうの学校みたいにつくえがならんでいて、そこにはすでにほとんどの参加者が席についていた。席につかずに遊んでいるのは僕達（というかゲンキ君）だけだ。

前回の参加者を集めた、とミスターLが言っていたけど、たしかにどこか見覚えのある子が多い。

「お、次のえものがきたぞ」

「えものって……」

ゲンキ君がそう言った数秒後、図ったように教室のドアがひらいた。

そして――。

「つ痛ぇ！」

コン、っていう音がして、黒板消しのかたい部分が男の子の頭にぶつかった。

ゲンキ君もさすがにこれは悪いと思ったのか、あわててその子のところにむかっていく。

「あ、悪い、だいじょうぶか……って、なんだよツバサじゃねえか！」

「あん？　なんで俺の名前……」

名前を呼ばれて、いまはいってきた子が頭を押さえながらこちらをむいた。

茶色がかった髪と、ちょっと威圧感のある目つき、まちがいなくツバサ君だ。

ツバサ君も、ゲンキ君や朱堂さんと同じように、前回の大会でいっしょになった僕の友達だ。

「おいコラ、ゲンキ！　これしかけたのてめえか！」

ツバサ君は床に落ちた黒板消しをつかんで、ゲンキ君のほうにつきつけた。それでもゲンキ君は久しぶりにツバサ君に会えたことのほうがうれしいのか、気にしている様子はまったくない。

「はっはっはぁ！　信じてたぜツバサ、おまえだったらあたってくれるってよ！」

「いいかげんにしろよおまえ、はいってきたのが俺じゃなかったらどうするつもりだった」

「安心しろ、いまのところ俺の黒板消し落としに引っかかったのはツバサとリクだけだ。朱堂にはよけられちまったからな」

「あ？　ああ、リクと朱堂もきてたのか……」

と、そこでようやくツバサ君は僕と朱堂さんに気がついたみたいだった。

僕達に気づいたツバサ君の声は少しやわらかくなっていたけど、それでも再会を喜んでいる感じじゃない。

いったいどうしたんだろう、と思っているとツバサ君のうしろから声が聞こえた。

「すみません、入り口で立ち止まらないでいただけますか？　そこに立たれるとものすごく迷惑ですので」

その声を聞いて、ツバサ君が体を横にどける。

教室の外には、髪の毛を両端でまとめている女の子が立っていた。

そしてその子のことを見た瞬間、ツバサ君はあきらかにいやそうな表情をうかべた。

大場カレンさん、それがその女の子の名前だ。

この子も前のラストサバイバルで知りあった子だけど、友達っていうわけじゃない。というか、僕は正直カレンさんのことが苦手だ。

ツバサ君が横にどいたから教室にはいれるようになったはずだけど、カレンさんはそこから動こうとしなかった。むしろなにかを待っているように僕達のほうを見つめている。

「なんだよ、どいたんだからさっさとはいれよ」

いらいらした様子でツバサ君が言うと、カレンさんはどこかいやらしい笑みをうかべた。

「ああ、申しわけありません。てっきりわたくし『じゃまをしてごめんなさい』の一言でもいただけるのかと思っておりました」

言葉づかいはていねいだったけど、相手を馬鹿にしているっていうのがわかる声だった。

カレンさんの言葉を聞いて、ツバサ君の表情がより一層けわしくなる。

「なんだと、コノヤロウ」

そして、ツバサ君はカレンさんのほうに一歩ふみだした。

カレンさんはいま教室の外にいるけど、手をのばせばかんたんに届くぐらいの距離にいる。

そのとき僕は、スタッフに言われた今回のルールのことを思いだしていた。

『先ほどわたした腕時計にセンサーがしかけられておりまして、それが教室からでた時点で失格となります』

　そしてツバサ君は、『腕時計をつけたほうの手』を『教室のドアの前にいる』カレンさんのほうにのばそうとしている。

　まずい、と僕が思ったとき、すでにゲンキ君がツバサ君をうしろから抱きしめていて、それ以上カレンさんに近づけさせないようにしていた。

「おちつけってツバサ、こいつに

だって悪気はねえんだよ」

「むしろ、こいつの言葉には悪気しかねえだろうが」

ゲンキ君は笑ってそう言ったけど、これについてはツバサ君の言葉に賛成だ。

カレンさんはあきれたように肩をすくめたあと、僕達の横を通り過ぎて、空いている席に座った。それでもツバサ君はまだなっとくしていないのか、カレンさんのことをにらみつづけている。

――と、

チャイムの音が鳴った。

チャイムの音が鳴ると同時に、教室の外から声が聞こえた。

「はーい、チャイムが鳴ったよ、座って座ってー」

その声が聞こえた瞬間、教室のなかの空気がピンとはりつめたものに変わる。

そして、その声の主が教室のなかにはいってきたとき、僕はごくりとつばをのんだ。

ライオン頭の白い男――ミスターLがそこに立っていた。

白いたてがみ、白いシャツ、白いズボンに白い靴。

校長室では腰より上しか見えなかったけど、頭の先からつま先まですべてが白い。

「さあみんな、席について。席順はきまってないから座る場所はどこでもいいよ」

ミスターLに言われるまま、僕達は空いている席に座った。そのあいだにミスターLは教卓のうしろに移動する。そして、学校の先生がそうするように教室中を見わたした。

「さて、まずはみんなにありがとうと言わせてもらうよ。なんてったって君達がいなかったら、今回のラストサバイバルは開催することができなかった。急な話でおどろいたかもしれないけど、私は本当にうれしく思っている」

そうミスターLが言うと、うしろのほうから「これで全員？」と言う声が聞こえた。

実はいまの時点で、席はぜんぶうまっていない。大まかにだけどあと10個ぐらいの席が空いている。

「ああ、今回はこれで全員だよ。本当だったら前回出場した50人、みんな集めたかったんだけど、10人ほどから参加を断られてね」

参加を断ったと聞いて、僕は前回のラストサバイバルのことを思いだした。

今回集められたのは、前回のラストサバイバルに参加した子供達だ。つまり、ラストサバイバルという大会のつらさをいちど味わっている子供達だ。

正直、僕だってできることなら二度とラストサバイバルに参加したいとは思わない。

だから、参加を断った子供達の気持ちもわかる。

「さて、それじゃあ今回のルールを説明するよ」

本題にはいろう、というようにミスターLは手をたたいた。

ぱん、という音がひびくと同時に、教室中に緊張が走る。

「今回の『サバイバル教室』のルールは単純。『この教室からでたら負け』だ。言いかえれば、この部屋のなかに一番長く残ればいいということさ。もっとくわしく言えば、みんなに配った腕時計が部屋からでた瞬間に失格となる」

そうしてミスターLは今回のルールを説明していく。それはスタッフから聞かされたルールとほとんどいっしょだった。

「それ以外はなにをしてもいいよ。友達とおしゃべりしたり、走りまわったり、つくえの上にのったりしても私は別に怒らない。でも、命の危険があるときなんかはさすがに教室からつれていくけどね」

命の危険があるとき、ミスターLはさらりとそんなことを言った。

『命をかける覚悟はあるかな？』

僕は校長室でミスターLにそう聞かれたことを思いだす。

その質問に、僕は『ある』と答えた。

そのとき覚悟は固めたはずだけど、こうして言葉にだされると少しこわくなってしまう。

そんなことを考えていると、前に座っていたゲンキ君がふりかえって、僕にひっそりと話しかけてきた。

「でも、教室からでちゃいけないだけって、なんかヒマそうだな」

「……いや、まあたしかにそうかもしれないけどさ……」

と、僕達が話していると、ミスターLがこっちを見て笑った。

「だいじょうぶ、退屈はしないと思うよ。今日のためにいろいろな『アトラクション』を準備してきたからね、たとえば――」

と、言ったときだった。
ごう、というお腹の底にひびくような音が、床の下から聞こえた。
そして次の瞬間、教室がゆれた。
地震!?
ゆれを感じるのとほぼ同時に、僕達はつくえの下にもぐりこんでいた。
考えてやったわけじゃない、ほとんど反射的に僕達はそうしていた。
ゆれがしだいに大きくなっていく。
イスがたおれ、窓ガラスがきしむ、それでもゆれは止まらない。
こんなに？　と僕はそのゆれの強さに言葉を失った。
つくえに頭がぶつかる、うきあがったひざが床にたたきつけられる。
箱のなかにいれられて、そのまま思いきりゆさぶられているみたいだった。
窓ガラスが割れて、教室の上の電灯が落ちてくる。
「きゃあああ！」
だれかがさけんだ。

「うわあああ！」

その悲鳴を聞いて、ちがう子もさけぶ。

それでもゆれは止まらない。

まだ30秒もたってないんだろうけど、いまの僕には1時間以上たっているように思えた。

天井や壁際にあるようなものはぜんぶ床に落ちて、いろんなところにちらばっている。

ガラス、電灯のはへん、イス、本、がびょう、ゴミ箱。

そうしてようやく、ゆれがおさまってきた。

ゆれがおさまってくると、代わりに心臓がはげしく脈打ちはじめた。

手のひらで自分の額をぬぐってみると、みょうにねばついた汗がつく。

まるで悪夢を見ていたみたいだった。

とりあえず、ゆれがおさまったのでつくえの下から立ちあがろうとする。まわりの子も同じようにつくえの下から顔をのぞかせていた。

そのなかで、教室の前にいるミスターLだけが、さっきまでと同じようなかっこうでそこに立っていた。

その体には傷ひとつ、よごれひとつついていない。

あれだけゆれたはずなのに、ガラスも、電灯も、黒板にあるチョークの粉も、なにひとつついていない。

そこで僕は、ミスターLがなんと呼ばれているのかを思いだしていた。

『世界一の幸運男』

ミスターLは『世界一のお金持ち』の他に、そうも呼ばれている。

「――とまあ、こういうことも起きるわけだ」

僕は初め、ミスターLがなにを言っているのかわからなかった。それでもいまの言葉から、さっきのゆれはミスターLが準備した『アトラクション』だっていうことは、なんとか理解できた。

あぜんとする僕達を見て、ミスターLはうれしそうに笑う。

「いやはや君達はすばらしいね。地震のときにどうするべきかということがきちんとわかっているようだ」

たぶんそれは、僕達がみんなつくえの下にもぐったことを言っているんだろうと思う。だけどどちらかというと、あのゆれのなかではそうすることしかできなかった、というほうが実際のところは近かった。

「さて、さて、さて。最後まで残るのはいったいだれなのか？　サバイバル教室、ただいまより開催します」

そうしてミスターLは両手をひろげて、サバイバル教室の開催を宣言した。

②熱烈サウナ地獄!!

出場有力選手

桜井リク

朱堂ジュン

山本ゲンキ

新庄ツバサ

大場カレン

木下ヒナ

阿部ソウタ

長嶋ケンイチロウ

早乙女ユウ

《優勝まで残り40人》

サバイバル教室が始まった。

だからといって、すぐになにかがあるってわけでもなかった。

教室のなかは、まるでおもちゃ箱をひっくりかえしたようにちらかっている。

割れた窓ガラス。落ちてきた電灯。くだけたチョークにたおれているイス。

どうすればいいんだろう？　と僕は思う。

『教室からでてはいけない』

それが今回のサバイバル教室のルールだ。そして、それ以外だったらなにをしてもいい、

ということもミスターＬに言われている。

ミスターＬは教室の前に立ったまま、僕達のほうをじっとながめている。

と、そのとき『ガシャン』という音が、窓のほうから聞こえてきた。

音のしたほうを見ると、窓のところに鉄のシャッターがおりていた。

もともと窓ガラスは割れていたから、その代わりにシャッターがおりたって感じだ……。

もちろん、ふつうの学校の窓にシャッターなんてものはないんだけど……。

「ああ、準備ができたようだね」

そして、そのおりたシャッターのほうを見て、ミスターＬが満足そうに笑った。

「さて、つづいてのアトラクションはこれだ」

と言って、ミスターＬが指を鳴らすと、天井のほうから『ごおお』っていう音が聞こえてくる。

見あげてみると、天井のところについているエアコンが動いていた。

ちなみにそのエアコンっていうのは、家とかで使うエアコンじゃなくて、公民館とか、図書館とかで使われている、天井にうまった形のエアコンだ。

とうぜん、ふつうの学校の教室には、そんなエアコンはついていない。

「なんだ？　なんかあったけえのがでてきたぞ？」

ゲンキ君が言ったとおり、エアコンからはごうごうと温かい空気がでてきている。

でも、それがなんだっていうんだろう？

そう思っていると、朱堂さんが上を見ながらぽつりとつぶやいた。

「……サウナかな？」

朱堂さんがそう言うと、ミスターＬが「ぴんぽーん」とうれしそうに人さし指を立てた。

「いちおう説明させてもらうけど、いまからこの教室の温度がどんどんとあがっていくよ。もちろん、でたかったらいつでもでていっていいからね。それ以外だったら、なにをしていてもいいよ……ああ、でも服をぬぐのはやめてね。それだと男子が有利になっちゃうからさ」

ミスターＬの説明はそれで終わった。

なにをしてもいいと言われはしたけれど、教室がこんなにちらかってちゃ、安心してイスに座ることもできない。

「……えっと、掃除でもする？」

とりあえず、このままずっと立っているのもアレだったので僕はそう言った。

と、同時に、教室中の視線が僕に集まった。

「あ、いや、教室の温度があがる前に終わらせたほうがいいと思ったから……」

僕があわてて説明しても、やっぱり教室の空気は変な感じのままだ。

あたりまえといえば、あたりまえなのかもしれない。だってここにいるのは学校のクラスメイトじゃなくて、今回の大会で競いあう、いわばライバルみたいな子達だからだ。

そんななかでとつぜん「掃除をやろう」なんて言われても「なに言ってんだあいつ」みたいな空気になるのがふつうだ。

――っていうことを思っていたんだけど……。

「なるほどなリク、そいつはいい考えだぜ。暑くなったら掃除どころの話じゃねえからな」

教室中にひびくような声で、ゲンキ君がそう言ってくれた。

「そうときまったら、ちゃっちゃとやって、ちゃっちゃと終わらせちまおうぜ。じゃあ俺はほうき持ってくるわ」

そう言ってすぐ、ゲンキ君は教室のうしろにある掃除ロッカーのほうへと行ってしまった。

僕もあわててうしろを追って、ゲンキ君からほうきを受けとる。

僕が言いだしたことなのに、いつのまにかゲンキ君がリーダーになったみたいだ。

ゲンキ君のこういうところは、素直に僕はすごいと思う。

そうして、掃除が始まった。

掃除といっても、つくえとつくえのあいだをはいていくだけの掃除だ。

だけどそのあいだも、エアコンからは火傷しそうなほどの熱風がガンガンと送りこまれつづけている。暑くなる前に掃除をしようなんて言ったけど、もう教室のなかはふつうじゃないぐらいに暑くなっていた。

顔からは汗がどばどばでてくるし、頭もなんだかぼやっとしてきた。

こんなことなら、掃除は早めにきりあげたほうがいいかもしれない。

「ったく、なんでこんなことやんなきゃいけねーんだか……」

掃除をしている最中、チリトリを持ったツバサ君がそんなことを言った。

僕達が掃除を始めてすぐ、何人かの子達が手伝いにはいってくれたけど、教室にいる全員が掃除をしているわけじゃない。

「えっと……ごめん、僕が変なこと言ったから」

「あやまんなっつーの。おまえじゃなくて、掃除してねえやつらが悪いんだからよ」

ツバサ君が教室中に聞こえるような声で言った。

たしかに、僕達が汗だくで掃除をしている横で座っている子を見ると、なにか言いたくなる気持ちもわかる。

「あら？　どうしてわたくし達が悪いんですか？」

なんてことを思っていると、ツバサ君にむかってカレンさんが声をかけた。カレンさんはイスに座っていたけれど、そのまわりのゴミはもう片づけられている。

他のだれかがやったというよりは、カレンさんがそこだけ自分で片づけたんだろう。

「……おめーは自分のところしかやんねーんだな」

「かってに掃除しているあなた達のほうがおかしいんじゃないですか？　それに、文句を言うぐらいなら、最初からやらなければいいんです」

カレンさんの言葉に、ツバサ君のまゆがひくっとつりあがる。ちょっと笑っているように見えるのは、本気で頭にきている証拠だ。

そして、カレンさんの顔にも笑みがうかんでいる。こっちは単純にツバサ君の反応をおもしろがっている笑みだ。

「ちょ、ちょっとツバサ君……おちついて……」

と、僕が言ったとき『バタン』という音が教室のうしろのほうから聞こえてきた。

あわてて音のしたほうを見ると、ほうきを手に持った女の子が床の上にたおれているのが見えた。

それだけじゃない。その女の子の体の下には、割れた窓ガラスとか、電灯のはへんとかがちらばっている。

だけど女の子は、痛いとさけんだり、泣きだしたりすることもなかった。

ただ、糸の切れた人形みたいに、そこにたおれているだけだ。

それを見た瞬間、全身がぞわりとした。

その体の下がどうなっているかなんて、想像したくもなかった。

そのとき、うしろのドアがあいて、スタッフが数人教室のなかにはいってくる。

そして教室にはいってきたスタッフ達が、女の子のまわりにしゃがみこんだ。

なにをしているのかは見えなかったけど、もういちど立ちあがったスタッフ達の腕にはぐったりとした女の子がかかえられていた。

『命の危険があるときなんかはさすがに教室からつれていく』

そのとき僕は、ミスターLに言われた言葉を思いだした。

とつぜんたおれたってだけならまだわかる。夏場になると、よくテレビで熱中症のニュースが流れるけど、そういうことが起きただけだったらまだいい。

だけど、あの女の子はガラスの上にたおれていた。

あんなところにたおれてしまって、無事ですむわけがない。

運ばれていく女の子を僕はまともに見れなかった。

目をそらして、早くつれていってくれと心のなかでいのることしかできなかった。

スタッフの人の足音が、遠ざかっていくのがわかる。

一人脱落。残り39人。

「……たぶんあの子がたおれたのは、掃除をしていたからでしょうね。温かい空気は上のほうに集まりますから、立っていればその分限界が近づくのは早いでしょうし」

静かになった教室にカレンさんの声がひびく。

カレンさんは僕達との頭の高さをくらべるように手を上下に動かしている。あたりまえだけど、立っている僕達のほうが座っているカレンさんより頭の位置は高い。

「わたくしみたいに座っていればあんなにひどいことにはならなかったのに、だれかさんが掃除をしようなんて言うから……」

だれかさん、のところでカレンさんが僕のほうを見た。そして僕と目があうとカレンさんはなにかに気がついたように、表情をぱっとかがやかせた。

「ああなるほど、あなたはそれがねらいだったんですね！　掃除を手伝わせて、脱落させようとしたんでしょう？　さすが前回の優勝者は考え方がちがいます」

いきなりなにを？　と言う前に、カレンさんがたたみかけるように言葉をつづけた。

「ああ、そうでした。そういえばあなた、前回のラストサバイバルでいちど優勝していますよね？　それなのにどうして、もういちど今回のラストサバイバルに出場しようと思ったんです？」

カレンさんの言うとおり、僕はいちどラストサバイバルに優勝して願いをかなえてもらっている。

『それなのにもういちど願いをかなえてもらおうだなんて、ずるいじゃありませんか』

カレンさんは言葉の裏でそう言っているような気がした。

「くだらねえ……行こうぜ、リク」

すると、ツバサ君がそう言って、カレンさんの近くからはなれようとする。

だけど僕は、カレンさんのその質問に答えることにした。

ここでなにも言わずにはなれてしまったら、僕はこのままずっとカレンさんをさけつづけなきゃいけないような気がしたからだ。

「……お母さんがたおれたからだよ」

「それはすばらしいですね」

僕の言葉を聞いて、カレンさんの顔に笑みがうかぶ。

その笑みを見た瞬間、僕の頭のなかが急に静かになった気がした。

「……なんだって？」

「ああ、すみません。たおれた母親を助けようとする、あなたのその考え方がすばらしいと言ったんです。本当……気持ち悪いぐらいに」

「なにが言いたいの？」

「知っていますか？　あなたのような人のことを世間ではマザコンと言うんですよ。小学6年生にもなって、母親のことが好きで好きでたまらないんでしょう？　そういうのが、気持ち悪いって言っているんです」

その言葉に、僕はほうきをすてて、カレンさんのつくえを思いきりたたいた。

バンッ！　という音がひびくと同時に、教室中が静まりかえる。

それでも、カレンさんは笑ったままだった。僕がなにかを言うたびに、その笑みがどんどん深いものになっていく。

「そう熱くならないでください。ほら、あごから汗がたれてますよ、マザコンさん？」

イスに座った状態のまま、カレンさんはどこか得意げになりながら言った。

本当だったら、ここでカレンさんのことは無視して、ゲンキ君達のところに行ったほうがいいのかもしれない。掃除も大体終わったところだし、あとはイスに座ってじっと暑さにたえていればいい。

だけどその前にひとつ、言っておかなきゃいけないことがある。

「カレンさんの言うとおりだよ。僕はお母さんのことが好きだ」

僕がそう言ったとたん、まわりの緊張した空気をやぶりすてるように、カレンさんが笑いはじめた。

「あははは、そこでひらきなおってどうするんですか？　ねえみなさん聞きました？　お母さんが好き！　あはは、幼稚園児じゃないんですから――」

カレンさんが笑っている途中で、僕はもういちどつくえをたたく。

「笑いたいんだったら何回でも言ってあげる……僕はお母さんのことが大好きだ。だから僕はぜったいに優勝して、お母さんを助けなくちゃいけないんだよ！」

そしてもういちど、教室が静かになった。

それでもカレンさんは、僕のことを馬鹿にするような表情をうかべつづけている。

「ぜったいに優勝する……いい言葉ですね。そのためだったら他の人がどうなろうがかまわないんでしょう？　さっきのあの子みたいに」

僕はカレンさんの顔をじっと見たあと、くるりと体を返して、床に落ちているほうきをひろう。そしてそのほうきをロッカーのなかにしまったあとで、てきとうに空いているイスに腰をおろした。

イスに座っただけで、かなり暑さがマシになった気がした。カレンさんの言ったとおり、頭の高さっていうのは、けっこう大切なのかもしれない。

「だいじょうぶ？　リク」

イスに座ってしばらくすると、朱堂さんが僕のとなりに座った。

「あいつの言うことなんて、気にしなくていいよ。脱落した子は、運がなかっただけだし……お母さんが好きだっていうのも、あれだけ胸はって言えるのはカッコいいと思った」

「……」

朱堂さんが僕のことをはげましてくれているのがわかる。

いつまでも心配されるわけにはいかないな、と僕はなるべく明るい表情をつくって、朱堂さんのほうをむいた。

「ありがとう、実はあの『大好き』っていうのお母さんの口癖なんだよね」

「口癖？」

「うん、子供のころから何回も聞かされているから、なれちゃったんだ」

そんなことを話しているうちに、ゲンキ君とツバサ君も掃除用具をしまって、僕達の前の席に座った。

「リクのお母さんってどんな人なの？」

ゲンキ君達が座ったタイミングを見て、朱堂さんが話をつづける。

「うーん、まあ、話すネタはたくさんあるけど……」

お母さんのことなら、パッと思いつくだけでも10個ぐらいは話せそうなことがある。

そのなかで僕は、一番心に残っていることを話すことにした。

*

「お母さんなんて大きらいだ」

小学3年生のある日、僕は学校から帰ってきたあと、お母さんにそう言った。

だけどお母さんは僕の言葉を聞いたとき、理由も聞かずに笑いながらこう答えた。

「それは残念だったなリク。母さんはリクのことが大好きなんだよ」

なにが残念なのかはわからなかったけど、こうはっきり言われるとそれ以上はもうなにも言えない。

だから僕は、お母さんから目をそらして話題を変えた。

「……来週の授業参観、お母さんこなくていいから」

「え？　行くよ？　なんでそんなこと言うの？」

「お母さんがきらいだから」

僕がそう言っても、お母さんはまったく気にしている様子がない。

「だけど、母さんはリクのことが好きなので、授業参観には行こうと思います」

いつもだったら気にならないんだけど、いまの僕にとってはそのお母さんの明るさがものすごくうっとうしかった。

お母さんは僕と妹のソラによく『好きだ』という言葉を使う。

「リクのがんばってるところが好きだなあ」とか「ソラの笑顔が好きだなあ」とか、そういう言葉を子供のときからたくさん使ってきた。

だけどそれが原因で、僕はクラスの笑いものになった。

それは『お父さんとお母さんにありがとうの言葉を伝えましょう』っていう作文を書いた日のことだった。

その作文は一週間後の授業参観のときに、一人一人が発表することになっている。

そしてその日は、授業参観のリハーサルということで、実際にクラスのみんなの前で読むということになったのだ。

そして——僕はクラスのほとんどの子に笑われた。

『だから僕は、お母さんのことが大好きです』

最後に言ったその一言が、笑われた原因だった。

他の子は『いつもありがとう』とか『これからも元気でね』とか、そういう言葉を使っていて『大好き』という言葉を使ったのは僕だけだった。

「大好きっていうのは、ちょっと子供っぽすぎるかな？」

ぜんぶ読み終わったあとで、先生にもそう言われた。

「だから僕は、お母さんのことが大好きです」

休み時間とか、掃除の時間とかには何回もその言葉を真似された。

真似されていくうちに、その言葉がどんどん恥ずかしいもののように思えてきた。

だから僕は家に帰ったあとで「大きらいだ」とお母さんに言ったんだ。

もちろんそれで、お母さんがわかってくれるとは思っていなかったんだけど……。

そして授業参観の日、僕は初めて学校をさぼった。

学校に行くのがいやだった。

学校に行って、授業参観が始まって、お母さんの前であの作文を読むのがいやだった。

みんなの前でもういちど笑われるのがいやだった。

家をでたあとで、学校とは正反対のほうに歩いていく。

歩きはじめて1時間くらいたったとき、ぽつりぽつりと雨が降ってきた。

ぬれるのはいやだな、と僕は近くの神社にはいって、雨宿りをすることにした。

名前も知らないさびれた神社だ。ここなら、だれかがくることもないだろうし、見つかって学校に連絡されることもないはずだ。

一息ついて、僕はランドセルにいれていた作文をとりだした。


「……お母さんに伝えたいこと、3年1組桜井リク……」


そのあとで、僕はその作文を実際に口にだして読んでいく。

口からでた言葉はすぐに雨の音にかき消されていってしまう。

本当だったらいまごろは、学校で読んでいたはずの作文だ。

正直言って、自信作だった。

最初から最後まで、ほとんど止まらずに書けたけっさくだった。

「……それでもお母さんは、毎日毎日おいしいご飯をつくってくれます……」

いつのまにか、体がふるえていた。

はいた息が、ほんの少しだけ白くなっている。

「……だから僕は……」

そして僕は、最後に書かれているその一文の前で、言葉を止めた。

『だから僕は、お母さんのことが大好きです』

「……」

そして、僕が言葉を止めたとき、とつぜん空がぴかっと光って、

どおう

っていう、音がした。

その音を聞いた瞬間、僕はあわてて作文用紙を折りたたんでランドセルのなかにしまう。

なにを言おうとしてるんだ僕は？
こんなことを言ったら、またクラスのみんなに笑われるだけなのに……。
そう思ったとき、もういちど空がぴかっと光った。

どおおう

音はさっきよりも大きかった。
体をつらぬくような音。
なにかにのみこまれるような音。
だけれどもここには、僕を守ってくれるようなものはなにもない。
「……っ」
悲鳴を押し殺して、体をまるめて、僕は耳をふさぐ。
そうしているうちに、また空が光って音が鳴る。

どおおおう

耳をふさいでも、体をまるめても、音は大きくなっていく。

寒くて、こわくて、うるさくて、頭のなかがぐちゃぐちゃになる。

——だれか助けて。

そう思ったときだった。

「あれ、それで終わりなの?」

頭の上から声がした。

顔をあげるとお母さんが、傘を持って立っていた。

「……お母さん?」

僕がそう言うと、お母さんはその声に答えるようにニッと笑った。

雨なんてものともしない、雷なんて屁でもない、太陽のような笑顔だ。

「ねえリク。せっかくだから最後まで聞かせてよ」

お母さんの声はやさしかった。

お母さんが聞いているのは、僕がさっきまで読んでいた作文のつづきだ。

『だから僕は、お母さんのことが大好きです』

だけどその言葉を思いだしたとき、僕はすぐにその言葉が言えなかった。

『好きだ』って言えば、みんなから笑われる。

笑われて、真似されて、からかわれる。

先生にだって馬鹿にされた。あんな思いをするのは、もういやだった。

「……きらいだ」

そして僕は、のどの奥からその言葉をしぼりだした。

「きらいだ、きらいだ、大っきらいだ！」

なみだがでてきた。

情けなかった。

お母さんが、じゃない。そんなことしか言えない自分がだ。

雷の音が鳴った。

寒くて、こわくて、うるさくて、頭のなかがぐちゃぐちゃになる。

だけど――。

「だいじょうぶ、母さんは、そんなリクのことが大好きだよ」

そう言って、お母さんは僕の両手をにぎってくれた。

トクントクンっていう心臓の音が、手のひらを通じて伝わってくる。

ああ、そうだ。

言えばよかったんだ、と僕は思う。

学校に行って、みんなの前で僕ははっきりと言えばよかったんだ。

笑われても、真似されても、からかわれても、胸をはって『好きだ』って言えばよかったんだ。

「うわあああ！」

そして僕は、お母さんの胸のなかで泣いた。

お母さんの手は温かくて、やわらかくて、それだけでものすごく安心した。

「……ねえ、お母さん……お母さんは僕のことどれぐらい好き？」

その帰り道の途中、僕はそんなことを聞いた。

特に意味があって聞いたわけじゃない。そのときの僕は、もっとあまえたかったんだ。

するとお母さんは「そうだなぁ」とつぶやいたあと、満面の笑みでこう答えた。

「リクのためなら、命だってかけられるよ」

あまりの言葉の大きさに、僕は少しのあいだ、なにも言えなかった。

命をかける、か。

じゃあ僕も、お母さんになにかあったときは命をかけて守らなくちゃな。

そのときの僕はうっすらだけど、そんなことを考えていたんだ。

*

「……いいお母さんだね」

僕の話が終わったあと、最初に口をひらいたのは朱堂さんだった。

「うん、ありがとう」

そう言って、僕は額にうきでてきた汗をぬぐう。

もうすでに、教室のなかは前までとくらべ物にならないぐらい暑くなっていた。

まだ二人目の脱落者はでていないけど、それだって時間の問題だろう。

「よしわかったぞ、リク！　じゃあ俺がこの大会を優勝したときには、おまえの母ちゃんを助けるようにお願いしてやるよ」

すると、さっきまでだまって話を聞いてくれていたゲンキ君がとつぜんそんなことを言った。

「いいの？」

「なに言ってんだリク！　俺達は友達だろ？　あんな話聞かされてなにもしないほど、冷たい男じゃねえぜ俺は」

「あんたの場合は、むしろ暑苦しいって感じだけどね」

朱堂さんがそう言っても、ゲンキ君はけらけら笑うだけだった。

「まあ、俺はもとから、なにかかなえたい願いがあって大会にでてるわけじゃねえからな」

ゲンキ君はなにかかなえたい願いがあってこの大会に出場しているわけじゃない。

楽しそうとか、おもしろそうとか、たぶんゲンキ君にとってはそっちのほうが重要なんだろう。

「ま、私もリクに協力するよ。リクのお母さんの言葉を借りるなら『私もリクのことが大好き』だからね」

朱堂さんは両手にピースをつくったあと、それをにぎにぎと動かしながらそう言った。

海外の映画なんかでときどき見るけど、それはだれかの言葉を借りるときに使うジェスチャーだ。

朱堂さんの言葉を聞いて、ふいにお母さんのことを思いだしてしまう。


「……ありがとう」

まともにしゃべると泣きだしそうだったから、僕はたった一言だけそう言った。

少しだけ声がふるえたけど、それでも朱堂さんは僕に笑顔をむけてくれた。

「それで、ツバサはどうすんだ？」

そしてそのままの流れで、ゲンキ君がツバサ君にそう聞いた。

だけどゲンキ君の声を聞いて、ツバサ君の表情がけわしいものに変わる。

それは、今日ツバサ君がこの教室にきて、僕と朱堂さんに気づいたときにうかべた表情だった。

その顔を見て、僕はおもわず体に力がはいる。

するとツバサ君は、僕の体に力がはいったのを見て、なにかをあきらめたように笑った。

「……手伝いはするさ。俺もリクとは友達だからな」

友達、と言われてうれしくなったけど、ツバサ君の言葉はそれだけで終わらなかった。

「……でもな、リク。だからっつって、俺の願いがなにもないってわけじゃねえぞ」

その言葉の迫力に、僕は息をのんだ。

「おまえの願いをかなえるってことは、俺の願いはかなわないってことだ。それはわかってるよな？」

　ツバサ君の言っているのはすごくあたりまえのことだ。

　だれかの願いがかなうなら、だれかの願いはかなわない。

　それはラストサバイバルっていう大会で、ぜったいに覚えておかなきゃならないことだ。

「ツバサ君のかなえたい願いって、なんなの？」

　僕の質問で、ツバサ君の顔がもういちどけわしいものに変わる。

「……たとえばここで俺が重い病気にかかってるって言ったら、おまえはどうすんだ？」

　その言葉を聞いたとき、汗がつう、とのどもとを流れた。

　まるで、刃物をつきつけられたような言葉だった。

「……冗談だよ」

　すると、ツバサ君がふっと視線をそらして、そんなことをつぶやく。

「俺がこの大会にでたのは、親の借金を返すためだ。病気でもなんでもねえ」

「本当に？」

「さすがに自分の命がかかってたら、そう言うっつーの」

いまツバサ君が言っていることは、たぶん嘘じゃない。ツバサ君がこの大会にでたのは、親の借金を返すためで、ツバサ君が本当に病気にかかっているわけじゃない。

でも、そこで安心はできなかった。

親の借金があるっていうのは本当なんだろうし、僕の願いがかなったらその借金が返せないってことは変わらないはずだ。

でもツバサ君はそういうのをぜんぶひっくるめて、僕を手伝うと言ってくれている。

だからおまえも覚悟をきめろ、そう言われている気がした。

これぐらいでゆらぐなよと、そう言われている気がした。

深呼吸をひとつする。

火傷しそうなほどに熱い空気が、胸いっぱいにひろがる。

「うん、ありがとう」

僕がそう言うと、ツバサ君は満足そうに笑ってくれた。

*

ツバサ君のおかげで、覚悟は固まった。
だけど、やることは変わらなかった。
暑さにたえる、いま僕達にできるのはそれだけだ。
話をして、気をまぎらわすのにも限界がある。
どのぐらいたっただろう?
最初の脱落者がでてから、まだ10分くらいしかたっていない。
そのあいだに7人が教室からでていった。
最初の子みたいに運ばれたんじゃなくて、自分の足で歩いて教室からでていった。
残り32人。
教室の温度はどんどんとあがっている。
体中が、しめつけられているような暑さだった。

頭ががんがんする。

耳の奥で心臓がバクバク鳴っているのがわかる。

鼻の下を指でさわると鼻血がついた。

それだって、軽くこすれば汗とまざって見えなくなる。

顔をあげて、教室をざっと見わたすと、ほとんどの子が下をむいていた。

下をむいていないのは、ゲンキ君とカレンさんと、あとはミスターLぐらいだ。

特にミスターLは、教室の前に立ったままだし、しかも特殊メイクをしているからふつうより暑いはずなのに、顔色ひとつ変えずに教室中をながめている。

「ちくしょう、サウナの王と言われた俺でも、この暑さはさすがにきびしいな……」

僕が教室を見わたしたタイミングでゲンキ君がそんなことを言った。

サウナの王ってなんだろう？　と思ったけど、わざわざ聞くようなよゆうはなかったから、僕はそのままだまっていることにした。

いつまでつづくんだろう？

考えても答えはでない。

それでもたぶん、これだけでサバイバル教室が終わるってことはないはずだ。

あくまでこのサウナみたいな状態は、ミスターLが用意したアトラクションのひとつで、それ以外にもアトラクションは用意しているはずだ。

最初に地震があって、次にこのサウナみたいなやつがきた。じゃあその次は？

暑いのがきたんだから、次は寒いのがくるんだろうか？

そうだったらいいな。

熱くなった体をキンキンに冷やすんだ。

プールにはいって、さっぱりするのもいいな。

「ふあぁ……」

ああ、あくびがでてきた。

プールにはいるとなんであんなに眠くなるんだろう？

そう考えたとき、がくん、と頭がゆれた。

なにが起きたのかと、僕は顔をあげる。

特に教室では、なにも起きてはいなかった。

どうやら単純に居眠りしそうになっただけらしい。

居眠り？

そう考えて、僕は首を横にふる。

居眠りじゃない、僕はいま暑さに意識を失いかけたんだ。

なにか話そう、と僕は思った。

話していても暑さをまぎらわすことはできないけど、眠気をごまかすことはできる。

「ねえゲンキ君……しりとりしない？」

とりあえず、僕達のなかで一番だいじょうぶそうなゲンキ君に声をかけてみる。

「ん？　いきなりどうしたリク？」

さすがサウナの王を自称しているだけあって、ゲンキ君の声にはまだよゆうがあった。

「いや、なんだかすごく眠くてさ……正直、話すのもきついんだけど……」

「気をつけなよ。暑いときに眠くなるのは熱中症の一歩手前だからさ」

すると、つくえにふせていた朱堂さんが、こっちのほうに顔をむけながらそう言った。

「……なんだか、いまの朱堂さんすごくだらしなくなってるね」

「実は、暑いの苦手なんだよね」

朱堂さんはつくえにふせた状態のまま、犬のように舌をべ、とだす。

暑いのは苦手、と言っているけど朱堂さんもまだだいじょうぶそうに見えた。

「よし、じゃあ朱堂もしりとり参加な。ツバサはどうする？」

と、ゲンキ君がとなりに座っているツバサ君に声をかける。


「……」


「おい、ツバサ？」

1回で反応がなかったから、ゲンキ君はもういちど名前を呼んだ。

すると今度は聞こえたのか、ツバサ君がゆっくりと顔をあげる。

と同時に、ツバサ君の体が、わずかにゆれた。

見えないなにかにひっぱられるように、体が横にたおれこんでいく。

「ツバサ！」

「ツバサ君！」

僕とゲンキ君があわてて、ツバサ君の体を支えようとする。

だけどその直後、ツバサ君はつくえに肘をついて、それ以上体がたおれないようにした。

『ガッ』というつくえにぶつかる音が、やけに痛々しく耳に残った。

「……っはぁ、はぁ……」

「おいツバサ、おまえだいじょうぶ――」

ゲンキ君の言葉の途中で、ツバサ君はだまって手をあげた。

それから10秒ぐらいたったあと、ツバサ君が話しはじめる。

「……悪いな、もうだいじょうぶだ、それで……なんだっけ？」

だいじょうぶだって言ったけど、だいじょうぶなようにはぜんぜん見えなかった。

目のなかが小刻みにふるえていたし、息をするのもかなり速い。

「ああそうか……しりとり、やるかっつー話だったな」

まるでぞうきんをしぼったみたいな声が、ツバサ君の口からもれる。

それからまたしばらくのあいだ、ツバサ君はなにも言わなかった。

ただ、手を顔の前で動かして、なにかを伝えようとしていることはわかる。

言いたいことはあるけれど、うまい具合に話すことができない。そういう感じに見えた。

「いいぜ……俺もやる……話してねえと……寝ちまいそうだからな……」

「ツバサ君、あんまり無理しないで――」

ツバサ君の状態を見て、僕はおもわずそう言った。

このままだと、とりかえしのつかないことになるかもしれない、そう思ったからだ。

「無理すんな、っつーのは……なんだ？　でてけってことか？」

ツバサ君の言葉に、僕は一瞬言葉をつまらせた。

ツバサ君はいま、僕のために大会にでてくれている。

もともとあった願いごとをすててまで、僕のお母さんを助けようとしてくれている。

『いや、そんなつもりじゃなくて……』ふだんの僕だったらたぶんそう言っていただろう。

だけど、僕の口からでてきた言葉はそれとは正反対の言葉だった。

「……うん、でてけってことだよ」

自分でもびっくりするぐらいおちついた声で、僕はそう言っていた。

ツバサ君は、まさか僕にこんなことを言われると思っていなかったのか、おどろいたような表情をうかべている。

「ゲンキ君、朱堂さん。ツバサ君を外にだすの手伝ってくれる？」

そう言って僕は自分の席から立ちあがって、ツバサ君の腕をつかんだ。ツバサ君の服は僕と同じように汗でぬれていたけど、体のほうはもう汗もでないくらいぐったりしていた。

「おい、ちょっと待てよ、リク……おまえ、どういうつもりだ？」

「どういうつもりもなにも、外にだすんだよ」

「そんなことしたら……失格になるだろうが」

「失格にするんだよ、このまま教室のなかにいたらダメだ」

ツバサ君を立ちあがらせようと腕に力をこめようとしたけど、うまい具合に力がはいらない。僕も人のこと言えないな、と思いながら、ツバサ君のわきの下に手をさしこんで、むりやり立ちあがらせる。

「リク、反対側持つよ。かして」

すると、朱堂さんがツバサ君の左側に立って、肩をかつぐようにした。

「おい、ちょっと待て、リク……おまえ、ふざけてるのか……」

ツバサ君が体を少し動かしたけど、それ以上の抵抗はなかった。たぶんもう体に力がはいらないんだ。

ゲンキ君も立ちあがっていたけれど、ただ僕達のすることを見ているだけだった。

ツバサ君を外にだすか、それとも僕達を止めるか、それを考えているんだろう。

「俺は、おまえのために……やってんだぞ……親の借金無視して、おまえの母ちゃん助けるために……こうやって意地はってんだぞ……わかってんのか」

僕だって、ツバサ君を外にだすことが正しいことだとは思わない。僕がいまやっているこれは、ツバサ君の覚悟とか決意とか、そういうものをぜんぶ台無しにしていることだ。

だけど――

「それで、ツバサ君が死んじゃったらどうするのさ？」

出口のほうをにらみつけながら、僕は言った。

言葉にしたあとで、ああそうか、となっとくできた。

もしもこのままツバサ君がこの教室のなかにいつづけて、とりかえしのつかないことになったら、僕は一生後悔する。

たとえそのおかげで優勝できたとしても、僕は心の底から喜べない。

だから僕はなんだってする。

たとえそれでツバサ君にきらわれることになっても、だ。

「……わかった、わかったよ……くそ……」

そして、教室の出口まであと数歩というところで、ツバサ君が僕達の肩をたたいた。

「わかったから、はなしてくれ……あとは自分で、外にでる」

そう言われて、僕と朱堂さんは顔を見あわせた。そして、たがいに軽くうなずいて、ツバサ君を軽く前に歩かせる。

そしてツバサ君はほとんどたおれるように、教室のドアにたどりついた。

ドアにたどりついたあとで、ツバサ君がふりかえる。

僕達のほうを見ているはずだけど、やっぱりその目のなかは小刻みにふるえていた。

「ゲンキ、朱堂……あと、たのんだぞ」

いまにも消えいりそうな声だったけど、ゲンキ君と朱堂さんは力強くうなずいた。

その二人の様子を見て、ツバサ君は笑う。

「悪いなリク、よけいな仕事させた……」

そう言ったとたん、ツバサ君のひざががくんと折れた。あわててかけよろうとしたけど、ツバサ君が手をのばしてそれを止める。

そして何度もあえぐように息をして、もういちど僕のほうを見た。

「リク……」

ふるえる目で見ながら、ツバサ君が僕の名前を呼ぶ。

かすれるような声になったのがいやだったのか、ツバサ君は首をふって、今度はしっかりとした声で「リク」と、僕の名前を呼んだ。

「優勝しろよ」

僕が無言でうなずくと、ツバサ君はドアをあけて教室の外にでていった。あけられたドアはすぐに閉じられたけど、たおれそうになったツバサ君がスタッフに支えられて、どこかにつれていかれるのは見えた。

残り31人。

サバイバル教室は、まだ始まったばかりだ。

③ 光と音の雷教室

出場有力選手

桜井リク

朱堂ジュン

山本ゲンキ

新庄ツバサ

大場カレン

木下ヒナ

阿部ソウタ

長嶋ケンイチロウ

早乙女ユウ

《優勝まで残り31人》

暑さのせいで、視界がゆがむ。
体はしびれているくせに、頭のなかががんがんと痛む。
さすがにこれ以上はまずいな、と僕は思った。
でも、思ったところでどうしようもなかった。
頭の痛みもそうだけど、それと同じぐらい眠気がひどい。
教室の外にでようにも、立ちあがるよゆうがない。
ツバサ君が脱落して、20分近くが経過している。
そのあいだに、何人脱落したのかもわからない。
起きているだけで精いっぱいだ。
なんとか眠らないように集中していると、足がつくえにあたった。
居眠りしそうなとき、体がびくっとなるあれだ、と僕は思う。
でも、ちがった。
動いたのは足だけじゃない。
寒くもないのに、体中がふるえはじめている。

「リク？」
ゲンキ君か朱堂さんか、どっちかが僕の名前を呼んだ。
だけどその声も『ガシャン』っていうたおれる音にかき消されてしまった。
たおれたのは僕だった。
痛くはなかった。
痛くはなかったけど、その代わり体の自由がきかなかった。
床にたおれたあとも、体のふるえが止まらない。

「リク！」

もういちど名前を呼ばれたけど、やっぱりどっちが言っているのかわからなかった。
ゲンキ君の声のようにも聞こえるし、朱堂さんの声のようにも聞こえる。
そんなに大声ださないでよ、と僕は思った。
そんな声をだしたら、スタッフにつれていかれちゃうじゃないか。

この教室からつれていかれたら、僕のお母さんが――。
そう思ったとき、チャイムの音が鳴った。
キーンコーンカーンコーンっていうまのぬけた音が、教室中にひびきわたる。
チャイムが鳴ったのとほとんど同時に、天井からの熱風が冷風に変わった。
ああ、気持ちがいい。
このまま目をつむって寝てしまいたい。
でもそれはしちゃいけない。
このまま寝てしまったら、もう二度と目が覚めないような気がする。
お腹に力をいれて、短く息をはく。
いちどだけじゃなくて、何度も何度もそれをくりかえす。
体のふるえがおさまってきた。
うつぶせになって、腕に力をいれる。
だけど、立ちあがることはできなかった。
まるで、ぐるぐるバットをしたあとみたいに頭のなかがまわっている。

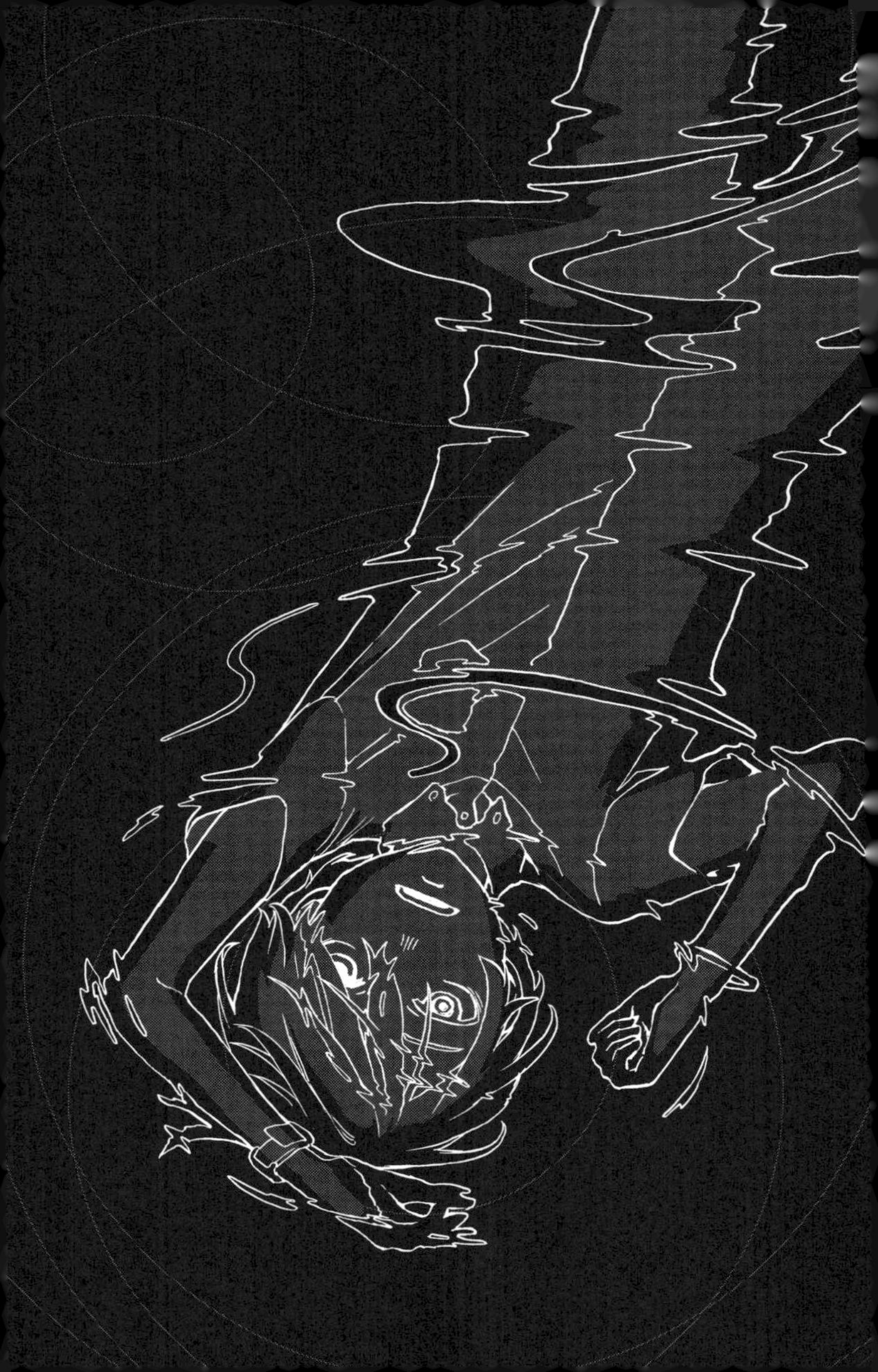

「リク、だいじょうぶ？」

そのとき、朱堂さんが僕の横にしゃがみこんで、肩をかしてくれた。

力はいらないままだったけど、朱堂さんの助けをかりて、なんとかイスに腰をおろす。

「うん、だいじょうぶだよ……ありがとう」

そうは言ったものの、頭はやっぱりがんがんするし、体に力ははいらない。

それでもなんとか心配させないように、僕はできるかぎりの笑みをうかべる。

「そっか……よかった……」

僕の表情を見たあとで、朱堂さんはそう言いながら自分の席についた。

なんとかだませたかな？　と思いながら、僕はざっと教室のなかを見わたしてみる。

ゲンキ君は、目をつむった状態で上をむきながら、天井から流れている冷風を顔いっぱいにあびている。

朱堂さんはまるでお風呂にはいったあとのように、両手で髪をうしろになでつけるようにして、汗をふきとっていた。

他の参加者も似たような感じだ。

さっきまでのサウナ状態が終わったことで、みんな一息ついている。

そのなかで、教室のはじに座っていたカレンさんは、腕を組んだ状態で前のほうにいるミスターLをにらみつけていた。

残りは、僕をいれて22人だ。

最初の人数は40人だったから、半分ぐらいが脱落していることになる。

「さあみんな、第一、第二のアトラクションおつかれ様、つづいて第三のアトラクションにうつらせてもらうよ」

そして、教室のなかがじゅうぶんにすずしくなってきたところで、ミスターLが両手をひろげてそう言った。

ミスターLの言った第一のアトラクションは最初に教室がゆれたことで、第二のアトラクションはさっきまでのサウナ状態のことを言っているんだろう。

そのなかで、第三のアトラクションは、いったいなにをするのか？

ミスターLの言葉のあと、とつぜん教室の明かりがチカチカと点滅を始める。

なんだろう？　と思った次の瞬間、

どおおおう

――と、

スピーカーから、すさまじい爆音が教室中にひびきわたった。
おもわず耳をふさいだけど、それだけでどうにかなる問題じゃない。
たとえばテレビの音量を最大にしても、ここまで大きな音にはならない。
体のなかをつらぬいてくるような爆音だ。
うるさいとかうるさくないとか、そういうレベルの音じゃなかった。
頭のなかが真っ白になって、なにも考えられなくなるぐらいの音。
一瞬だったらまだいいんだろうけど、3秒、4秒とそれがつづく。
そこでようやく、スピーカーからの音量がさがってくる。
「はぁ……はぁ……」
いつのまにか、息がきれていた。
まるでマラソン大会が終わったあとみたいに、心臓もバクバク鳴っている。

「さて、第三のアトラクションのテーマは『雷』だよ。気づいた子もいるかもしれないけど、音が鳴る前は教室の明かりがチカチカ点滅するからね」

教室のなかが静かになったところで、ミスターLが笑いながらそう言った。

雷、と聞いて、なるほどと僕は思う。

明かりがチカチカしたあとに大きな音が鳴るなんて、雷そのものだ。

さっきの暑さは、体力的にきつかったけど、今回のこれは精神的にきつい。

たとえば車のクラクションを聞いたときとか、電車が目の前を通るときとかは、おもわず体に力がはいるけど、それと同じだ。

大きな音っていうのは、それだけで単純にこわい。

そんなことを思っていると、教室の明かりがチカチカと点滅を始めた。

くる、とあわてて耳をふさいだ次の瞬間、スピーカーから音が鳴った。

どおおおおう

血の気が引いて、息が止まる。

体中がびりびりとしびれているような感じがする。

だけど今回の音は、最初のときよりも短かった。

短かったけれど、音量が小さかったとかそういうわけじゃない。

「あ、そうそう。言い忘れてたけど、音が鳴るタイミングとか時間は完全にランダムだからがんばってね」

説明はこれで終わり、というようにミスターLが深々と頭をさげる。

音が鳴るタイミングが完全にランダムっていうことは、あのチカチカが唯一の合図ってことになるんだろう。

教室のなかの空気は、またはりつめたものにもどっていた。

「よくもまあ、いろんなアトラクションを考えるもんだぜ」

そして、はりつめた空気のなかで、ゲンキ君はこの状況を楽しんでいるみたいだった。

「ゲンキ君は、けっこうだいじょうぶそうだね」

「そりゃまあ、うるせーのはなれてっからよ……俺の声とかな」

そう言って、ゲンキ君はゲラゲラと笑う。
ゲンキ君は笑っていたけど、正直僕にはそんなよゆうはない。
そう僕が思ったとき、また明かりがチカチカと点滅をした。

どおおおおう

3秒たって、4秒たって、それでも音は止まらない。
あきらかに、さっき鳴ったときよりも音の時間が長い。
そして、6秒を過ぎたあたりから、不意にこみあげてくるものがあった。
泳いでいるときに立ちあがろうとして、足がつかなかったときのあの感覚。
体の感覚がなくなって、心臓をわしづかみにされたようなあの感覚。
さけびたくなる気持ちを、僕はぐっとのみこんだ。
早く終われ、と僕は思う。
これ以上はまずい、と僕は思う。

これ以上この音を聞いていたら僕は――

そう思ったとき、ようやくスピーカーから聞こえてくる音が弱まっていくのがわかった。

だけどその代わりに、聞こえてくるものがあった。

「うあああああ！」

それは他の参加者のさけび声だった。

いまさけんでいるのは、教室のうしろのほうに座っていた男の子だ。

両耳を押さえてその場に立ちあがり、天井にむかってさけんでいる。

クラス中のみんなが、男の子のほうをふりむいていた。

そのあまりにもすさまじい光景に、みんなが声を失っている。

そのなかでただ一人、ミスターLだけが笑っていた。

点滅が始まった。

その瞬間、男の子の声がより一層大きくなった。

そして、

どおおう

――音が鳴る。

男の子のさけび声も、その音にかき消されてしまう。

そして男の子は、両目を大きく見ひらいて、糸の切れた人形のようにあおむけにたおれていった。

たおれる音は聞こえなかった。

そしてようやく、音が止まる。

今回は5秒ていどで静かになった。

不気味な静けさが、教室中を包んでいる。

しばらくすると、スタッフが数名教室のなかにはいってきて、たおれた男の子を運んでいくのが見えた。

「……」

僕は、なにも言えなかった。

あの男の子が最後にあげたさけび声が、頭のなかにこびりついている。

スピーカーからの音ももちろんこわかったけど、あの声のほうがもっとこわい。

あれは、心がたえられなくなったときにでる声だ。

限界をこえて、頭のなかがぐちゃぐちゃになって、なにも考えられないときにでてくる声。

思いだしただけで、ゾッとする。

そして、それは他人事じゃない。

僕だっていつ、ああいう状態になるかわからないからだ。

「……？」

と、そのとき、ふと朱堂さんのことが目にとまった。

朱堂さんは、両手で耳を押さえた状態で顔を下にむけている。

音が鳴っているあいだだったら、別に気にならなかったけど、いま音は鳴っていない。

「……朱堂さん？」

僕が声をかけても、朱堂さんは顔をあげなかった。

よく見てみると、朱堂さんの手が小さくふるえている。

いや、手だけじゃない。足も、肩も、くちびるも、ひっそりと見える瞳のなかも、そのぜんぶがふるえていた。

「朱堂さん！」

と僕が自分の席から立ちあがろうとすると、それを止めるように朱堂さんが手をのばしてくる。

「……だいじょうぶだからさ……心配、しないで」

そこでようやく、ゲンキ君も朱堂さんの様子がおかしいことに気がついたみたいだった。

「おい朱堂、おまえ……どっからどう見てもだいじょうぶじゃねえだろ！」

「だいじょうぶって言ってるでしょ？　だから馬鹿な真似しないでよね」

馬鹿な真似、と朱堂さんは僕のほうを見ながらその言葉を使った。

それはたぶん、僕がツバサ君を教室の外につれだそうとしたときのことを言ってるんだろう。

「でも、このまま教室のなかにいたら朱堂さんが――」

「死にはしないよ」

僕の言葉をさえぎるように、はっきりと朱堂さんは言った。

「ツバサの場合は、ああでもしなきゃ死んでたかもしれないけどさ、うるさいだけなら死にはしないよ」

そう言いながら、朱堂さんは笑う。

笑ってはいるけど、かなり無理しているっていうのがわかる。

顔色が悪いし、なにより声がふるえている。

「先に言っておくけど……むりやりつれてくっていうなら暴れるからね。ツバサのときとちがって体力はありあまってるからさ」

どこか冗談っぽく朱堂さんは言ったけど、本気だっていうのは伝わってくる。

もし朱堂さんに暴れられたら、むりやり外につれていくのはきびしい。

さっきの男の子みたいに意識を失ってしまえば、スタッフが外につれだすだろうけど、朱堂さんはその一歩手前でふみとどまっている。

どうすればいいのか？

そうこうしているうちに、また明かりがチカチカとなった。

朱堂さんの笑みがより深いものになる。

強がりのもっと先にある表情。

一歩まちがえれば、ガラスのようにくだけてしまいそうな表情だ。

そしてまたあの爆音が、教室中にひびきわたった。

どおおおう

「……っ」

その音がひびいた瞬間、朱堂さんの笑顔が一瞬にして消えた。

耳をふさいで、目を見ひらいて、つくえにむかってさけびはじめる。

もちろんそれは、まともじゃない。

そして、まともじゃないのは朱堂さんだけじゃなかった。

心がたえられなくなった子が、次々と頭をかかえて教室の外に走り去っていく。

つくえをけとばして、イスにつまずいて、それでもはうようにして外にでていこうとしている子もいた。

阿鼻叫喚。

地獄絵図。

そんな言葉が、頭のなかに思いうかぶ。

それを見ている僕だって、よゆうがあるわけじゃない。

耳をふさぐ両手に力をこめる。

それでも音は頭の奥深くまではいりこんでこようとする。

それをなんとかしようと、さらに両手に力をこめる。

ここまでくると、耳をふさいでいるというより、自分で自分の頭をしめつけているみたいだ。
こわれてしまう、と僕は思った。
僕だけじゃない、このままだと朱堂さんもこわれてしまう。
心がたえきれなくなって、頭のなかがパンクする。
音が静かになってきた。
それにあわせて、さけび声も聞こえるようになってくる。
でも、いまの僕にとってそんなことはあんまり重要じゃない。
朱堂さんは!?
そう思って、僕は朱堂さんのほうを見る。
朱堂さんは胸に手をあてた状態で、細かく息をはきだしている。
おでこには汗がうかんで、それがあごからしたたり落ちている。
「おい、朱堂！」
それを見たゲンキ君が声をあげた。
けれども朱堂さんは、声をかけたゲンキ君をにらみつけている。

「なに、ゲンキ？　私はまだだいじょうぶだよ、何回も言わせないでよね……」

そうは言ったけど、だれがどう見ても朱堂さんがだいじょうぶなようには思えない。

「……だったら何回も心配させないでよ」

そんな朱堂さんに対して、僕はなるべく声をおさえてそんなことを言った。

「リク？」

ゲンキ君は僕の言葉を聞いて、まゆをひそめている。

本当だったらこれ以上言いたくないけど、それでもここで引くわけにはいかない。

奥歯をかみしめて、僕は朱堂さんのことをまっすぐに見つめた。

「朱堂さん。はっきり言って、このまま教室のなかにいたら迷惑だからでていってよ」

「リク！」

ゲンキ君の言葉が教室にひびく。だけど僕は朱堂さんから目をそらさない。

朱堂さんをむりやり外につれだすことはできない。

だったらあとは、自分から外にださせるしかない。

そしてそのためには、こうやって朱堂さんをつきはなすのが一番いいはずだ。

朱堂さんは一瞬目を見ひらいたあと、悲しそうな表情をうかべて……笑った。

「ありがとう、リク。私のこと心配してくれて……」

「……っ！」

そう言われて僕はなにも言えなかった。

僕がなにも言えないままでいると、朱堂さんが言葉をつづけた。

「でもこれは……私のわがままだからさ……たとえ迷惑でも、最後までがんばりたいんだ」

弱々しい笑みだ。

いまにも泣きだしそうな笑みだ。

それが朱堂さんの顔にうかんでいる。

その表情をさせたのは、もちろん僕だ。

ああしまった。

失敗した。

――と、そのとき、教室のはじに座っているカレンさんと目があった。

カレンさんはイスに座った状態でニヤニヤと笑いながら、僕達のほうをながめている。

『あらあら、ケンカですか？』
そう言いたげな表情だ。
ケンカなもんか、と僕は思う。
ただ僕は……まちがえたんだ。
『たとえ迷惑でも、最後までがんばりたいんだ』
そう言ったときの朱堂さんの表情。
完全にまちがえた。
朱堂さんは不安だったんだ。
不安で不安で胸がつぶれそうで、それでも意地をはっていただけなんだ。
そういう気持ちは僕にもわかる。
ああそうだ。
ミスターLも言っていた。
これはあれじゃないか。
明かりがチカチカして、大きな音が鳴って、頭のなかがぐちゃぐちゃになる。

雷といっしょだ。
僕が小学3年生のときに経験したあれと同じだ。
あのとき僕はどうしたっけ？
あのとき僕はどうされたっけ？
そう考えたとき――教室が光った。

どおおう

ああそうだ。
あれをやったんだ。
お母さんが僕にやったように、今度は僕が朱堂さんにやればいいんだ。

音はもう止まっていた。

音は止まっていたけど、もう朱堂さんは限界だ。

このままほうっておけば、たぶん朱堂さんは気を失って、スタッフにつれていかれるだろう。

でも、それはちがう。

朱堂さんを外にだしたいなら、そうすればいい。

本当だったら僕は朱堂さんを外にだす方法じゃなくて、なかに残る方法を考えなくちゃいけなかったんだ。

「ねえ、朱堂さん」

そう声をかけながら、僕は朱堂さんに両手をさしのべる。

「手、つなご？」

そう言った瞬間、朱堂さんはきょとん、という表情をうかべた。

手をつなぐってことは、その分耳をふさぐことができなくなるっていうことだ。

耳をふさいでもたえられないような音を、僕はそのまま聞いてやろうって言ってるんだ。

「えっと……どうして？」

朱堂さんはあきらかに困惑した様子で、そんなことを聞いてきた。

だけど僕はそれについてうまく説明ができるとは思えなかった。

習うより慣れろって言葉があるけど、実際にこういうのはやってみないとわからない。

そのとき、教室の明かりがチカチカとなった。

そのチカチカの直後、朱堂さんの顔色が一瞬にして青くなる。

そこで僕は、強引に朱堂さんの両手をつかんでやった。

「ちょっと、リク！」

朱堂さんがさけんだけど、僕は両手をはなさない。

それどころか、かなり強めに両手に力をこめてやった。

「あー、もうっ！」

僕が力をいれると、朱堂さんもそれに負けじと僕の両手をにぎりかえしてくる。

さあくるぞ、と僕は笑った。

そして――

——と、音が鳴った。

ふつうに暮らしていたらぜったいに聞けないぐらいの爆音だ。

耳をふさいでいないから、その音が直接頭のなかにはいりこんでくる。

おもわず耳をふさぎそうになるけど、両手はピクリとも動かない。

朱堂さんと僕とで、おたがいの両手をにぎっているからだ。

僕が手に力をこめると、朱堂さんの手にも力がこもる。

手のひらがじんじんと痛くなってくる。

そしてその痛みに加えて、伝わってくるものがあった。

それは温かさだった。

手のひらを通じて、朱堂さんの温かさが伝わってきた。

そして、その温かさといっしょに、送られてくるものがある。

それは心臓の鼓動だ。

朱堂さんの心臓が脈打つたびに、手のひらを通じてそれが僕の体のなかにはいりこんでくる。

おかえしとばかりに、僕もその心臓の鼓動を送りかえしてやる。

ドクンドクンと、その鼓動が大きくなっていく。

スピーカーから聞こえてくる音なんて目じゃない。

それよりもっとたしかなもの。

それよりももっと力強いもの。

それが僕達の体のなかを流れていく。

教室のなかにひびいていた音が少しずつ小さくなってきた。

それにあわせて僕達の力も、少しずつゆるんでいく。

「……なるほど……」

完全に音がやんだタイミングで、朱堂さんはなにかにかんねんしたように、はは、と笑った。

「……ありがとうリク、これならたえられそうだよ」

「そっか、よかった」

と、僕が答えたとき、もういちどカレンさんと目があった。

少し前に目があったときと同じように、カレンさんは僕達を馬鹿にするような笑みをうかべている。

『どうしてそんな馬鹿なことをしてるんですか？』

言葉にするとそんな表情だ。

さっきの僕はなにも答えられなかったけど、今回はちがう。

うらやましい？　と僕は笑った。

僕が笑うと、カレンさんは一瞬おどろいたように目を見ひらいて、そのあとなにごともなかったかのように前をむきなおしていた。

「おう、なんだよ二人とも。おもしろそうなのしてんじゃねえか。俺もまぜてくれよ」

すると、僕達が手をつないでいるのを見たゲンキ君が楽しそうにそう言ってきた。

そうして僕達は両手をにぎりなおす。

僕と朱堂さんとゲンキ君で、ひとつの輪をつくる。

これだったらだいじょうぶだ。

これだったら、どんなものがきたってたえられそうな気がする。

さあこい、と僕は笑う。

そしてまた、点滅が始まった。

そしてまた、音が鳴った。

そしてまた、僕達は手をにぎった。

点滅する、音が鳴る、手をにぎる。

点滅する、音が鳴る、手をにぎる。


それをくりかえす。

さけび声が聞こえる。

泣き声が聞こえる。

かなえたい願いがあって、でもすぐにでもここから逃げだしたくて、その両方に板挟みになっている声が、教室中から聞こえてくる。

それも、時間がたつにつれて、どんどん聞こえなくなっていった。

そして、さけび声も泣き声も完全に聞こえなくなったところで、チャイムが鳴る。

キーンコーンカーンコーンっていう、ふつうの音。

スピーカーから流れてきた爆音じゃなくて、学校で毎日聞いている平凡な音。
終わったんだ、っていうことがわかった。
教室を見わたしてみる。
イスとつくえが、いくつかたおれているのが見える。
子供の数が減っていた。
僕達をふくめて、ぜんぶで13人。
そしてその13人のなかには、カレンさんも残っている。
「おみごと、おみごと、第三のアトラクションはこれで終了だ」
ミスターLは教室中を見わたしながら、うれしそうに拍手をしていた。
その言葉を聞いて、僕達はにぎりあっていた両手をはなす。
「ありがとね、リク」
そう言ってくれた朱堂さんの様子はまたいつものようなものにもどっていた。
よゆうに満ちた表情。太陽のような笑顔。
やっぱり朱堂さんはそういう状態のほうが似あっている。

「さて、それじゃあ最後のアトラクションに行くとしようか」

そんななか、拍手をしていたミスターLが、両手をひろげてそんなことを言った。

最後のアトラクション、その言葉に僕達は息をのむ。

次が最後のアトラクションっていうことは、そこで優勝がきまるっていうことだ。

いったい最後はどんなアトラクションが待っているのか？

そう考えたとき、ミスターLが人さし指をピンと立てて僕達のことをざっと見わたした。

「と、その前に、クイズをさせてもらうよ。実はいままでのアトラクションはとある言葉をなぞってつくらせてもらったんだ。それがなんだかわかるかな？」

そう言われて、僕はいままでのアトラクションを思いだしてみる。

最初のアトラクションでは教室がゆれて、次のアトラクションでは教室のなかが暑くなって、さっきのアトラクションでは雷みたいな大きな音がした。

最初に地震がきて、次にサウナ状態になって、その次に雷がきた。

「地震がきて……雷がきた？」

と、となりに座っていた朱堂さんがそんなことをつぶやくのが聞こえた。そのつぶやきを聞いたミスターLが「お、いいね」とうれしそうに言った。

「地震と雷……じゃああれはサウナじゃなくて火事って考えると……」

「エクセレント!」

朱堂さんがつぶやいていた途中だったけど、それが正解と言わんばかりにミスターLが声をあげる。

「語呂が悪いから順番を変えようか。地震、雷、火事ときたら、最後にくるのはなんだかわかるかな?」

そこまで言われたら、さすがに僕でも答えはわかる。

地震雷火事おやじ。どうして最後におやじがくるのかはわからないけど、そういう言葉があるっていうのは知っている。

あれ? でもそうなると最後にくるアトラクションっていうのは——

「——おやじ?」

と、僕がつぶやくとミスターLがにやりと笑った。

おやじ!?

自分で言っておいてあれだけど、それがいったいどういうアトラクションになるのか？

そうして、ミスターLのねらいがまったくわからないまま、僕達は最後のアトラクションに挑むことになったんだ。

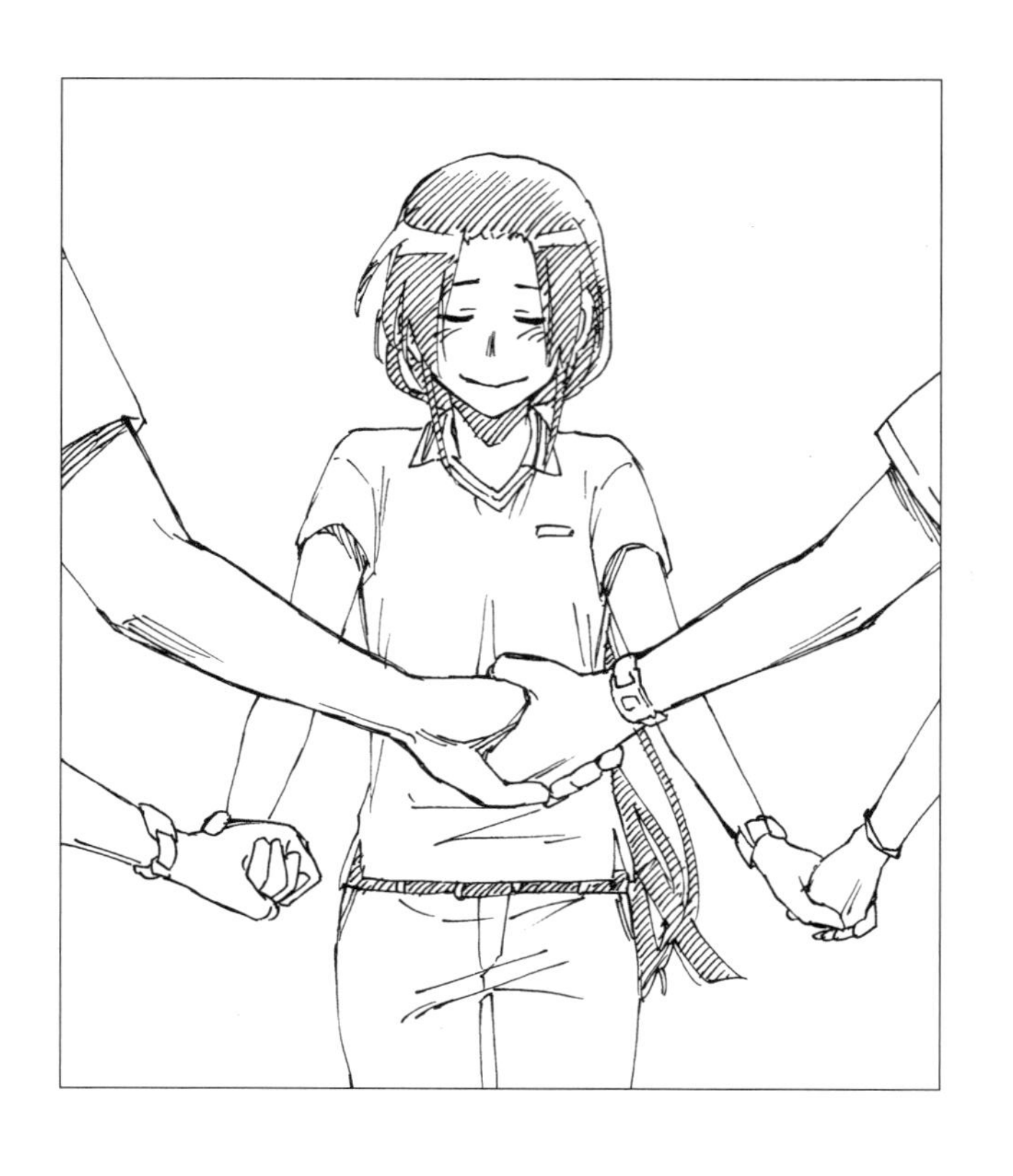

出場有力選手

桜井リク

朱堂ジュン

山本ゲンキ

新庄ツバサ

大場カレン

木下ヒナ

阿部ソウタ

長嶋ケンイチロウ

早乙女ユウ

《優勝まで残り13人》

教室のなかは静かになっていた。

地震・雷・火事・おやじ。

言葉の意味はよくわからないけど、そういう言葉があることは知っている。

今回用意したアトラクションは、その言葉をもとにしてつくられたものらしい。

地震、雷、火事、はもう終わった。

となると、最後にくるアトラクションはおやじになる。

でも、ただのおやじがいったいどういうアトラクションになるのか？

そう身構える僕達を見て、教室の前に立っていたミスターLがくすくすと笑いだした。

「ああいや、ごめんごめん。ちょっと意地悪しちゃったよ。安心して、別にそのへんにいるおじさんをつれてくるってわけじゃないからさ」

そう言ったあとで、ミスターLは人さし指をピンと立てる。

「まず、地震・雷・火事・おやじっていう世のなかでこわいものをならべた言葉なんだ。そして、最後のおやじっていうのは、もともと『おおやじ』って言葉からきているんだよ」

「……いや、おおやじって言われてもわかんねーよ」

ミスターLの言葉に、ゲンキ君がぽつりとつぶやく。

ミスターLもその反応は予想していたのか、すぐさま言葉をつづけた。

「おおやじっていうのは、大嵐って意味さ。これだったらわかるかな？」

地震雷火事大嵐、たしかにそう聞けば、こわいものをならべた言葉っていうのはなんとなくわかる。

ということは、最後にくるアトラクションは……。

「大嵐？」

「大正解、おめでとう！」

そう言って、ミスターLがわざとらしい拍手を始める。

それでもまだ、教室の空気は重いままだった。

「教室のなかで大嵐って……どういうことだよ」

「それじゃあみんな、窓のほうを見てもらえるかな？」

ゲンキ君のつぶやきを聞いて、ミスターLが窓のほうを指さした。

窓、といっても最初の地震でガラスが割れたから、いまは鉄のシャッターがおりている。

だけど、ミスターLが指さしたとき、そのシャッターがあがりはじめた。

そして、その先にあるものを見て、僕達は息をのむ。

「なに……あれ……」

窓のむこうには、巨大な扇風機が横にずらりとならんでいた。

そして窓枠のところには、これまた巨大なホースみたいなのがとりつけられている。

「そして次は、あっちのほうにちゅうもーく」

僕達があぜんとしていると、ミスターLが今度はろうか側を指さした。

ろうか側にはもちろん前とうしろにドアがあって、それ以外は壁なんだけど、その壁がシャッターみたいにあがりはじめる。

それだけだったらまだいいんだけど、おどろいたのはそのむこう側のろうかがなくなっていたことだった。

まるで床がぽっかりぬけ落ちたみたいに穴があいている。

「えっと……」

あまりにも大がかりなしかけすぎて、頭のなかが追いつかない。

「そして、最後にこれだ！」

と、ミスターLがパチンと指を鳴らすと、教室のなかががたりとゆれた。

ゆれは1回だけでそれほど大きくはなかったけど、なにが起きたのかはすぐにわかった。

教室がかたむいている。

ちょうど窓のほうからろうかのほうにかけてくだっている感じだ。

そのまま角度が急になったら、ろうかのほうにころがっていきそうだけど、かたむいたのはせいぜいビー玉がころがっていくぐらいだった。

つまりいまの状況をまとめると、窓のほうに巨大な扇風機とホースがあって、ろうかのほうには穴があいていて、教室がちょっとかたむいているってことだ。

……うん、僕もなにがなんだかわからない。

少なくともふつうの学校じゃあぜったい見ることのできない光景だ。

「さあ、準備ができたよ！　それじゃあ最後のアトラクションを始めようか」

そう言ってミスターLが両手を大きくひろげる。

——と、次の瞬間、窓枠のところにあったホースから大量の水が放出された。

放出された水は、一瞬にしてひざの高さに達して、ものすごいいきおいで教室中のすべてを流していく。

イス、つくえ、そして人。

僕もあわててイスから立ちあがろうとしたけど、立ちあがった瞬間、流れに足をとられてしまった。

「うわっ！」

そして僕は、なすすべもなく水のなかにたおれこんだ。

水があるおかげで痛くはなかったけど、完全に水の流れに引きずりこまれた。

体が回転して、どっちが上か、どっちが下なのかもわからない。

このままじゃまずい、と僕は思う。

このままだと、水に流されてろうかの穴に落ちてしまう。

がむしゃらに僕は水のなかでもがいた。

なにかがガツンと手にあたる。

平らで大きくて、つかむことのできないもの。

それは床だった。
あわてて僕は床に両手と両足をつけ、四つんばいになる。
四つんばいになって、水面から顔をあげて、息を吸う。
その瞬間、流れてきたイスが左肩にあたった。
「あがっ！」
「リク！」
ゲンキ君の声が聞こえる。
だけどそれは、近くからじゃない。
顔をあげると、ゲンキ君も朱堂さんも上流のほうに残っているみたいだった。
いつのまにか、もといた場所から3メートルぐらい流されていたらしい。
手をのばして届くような距離じゃない。
そのあいだも、水のいきおいは止まらない。
水だけじゃない。
水に加えて、はげしい風が教室のなかで吹き荒れている。

それはもちろん、窓のむこうにある巨大扇風機のせいだ。

水と風。

おそらくそれが、最後のアトラクションだ。

どうすればいいか?

正直、ゲンキ君達のところにもどるよゆうはない。

流されないようにたえるだけで精いっぱいだ。

でもそれは言葉を変えれば、流されないようにたえることはできているっていうことだ。

だったらだいじょうぶだ。

もう流れてくるものはなにもない。

つくえもイスも、ほとんどが教室の外に流れている。

なにかがぶつかってくるってことはもうないはずだ。

息を整える。

水面の数センチ上で息をしているから、しぶきが少し口のなかにはいってきた。

教室を見わたしてみる。

僕から見て上流——窓のほうにはゲンキ君と朱堂さんがいた。

黒板のほうではミスターLが平然と立っていて、その他にもちらほらと水の流れにたえている子がいる。

そして僕はおそるおそる下流側——ろうかのほうをふりむく。

穴までは約3メートルぐらいだった。

たとえばここでもういちど足をとられても、すぐに脱落する距離じゃない。

残りは、僕をいれて8人に減っていた。

そしてそのなかには、カレンさんの姿もある。

カレンさんは、僕から見てすぐ下流のところにいた。

それこそ、カレンさんが手をのばせば、僕の足をつかめるぐらいの距離だ。

それを見て、僕はなるほど、と思った。

カレンさんは僕を盾にしているんだ。

たしかにだれかのうしろにぴったりつけば、水と風の影響が少し軽くなる。

自転車のレースとかでそういうシーンをよく見るけど、それと同じことをカレンさんはしている。

正直、カレンさんの性格はあんまり好きじゃないけど、こういうしたたかさ、みたいのは素直にすごいと思う。

「おいリク！　ここまでがんばってこられるか？」

そのとき、水の音に負けないような声でゲンキ君が声をかけてきてくれた。

ゲンキ君は二本足で立った状態で、こっちのほうに手をのばしてくれている。

ひとまず、ゲンキ君達のところにまで行ければ安心できる。

三人で固まれば、そうかんたんに流されることはない。

そのためには水の流れにさからって、ゲンキ君達のところに行かなきゃならない。

そこで僕は、四つんばいになった状態で少しずつ進むことにした。

うしろのカレンさんが気になるけど、だからといってなにができるってわけでもない。

もしかしたら、僕についてくるかもしれないし、ついてこないかもしれない。

どっちにしたって、僕はなにも言うつもりはない。

もしカレンさんがついてくる気なら、僕がなにを言ったってついてくるだろうからだ。

息を整えて、僕は右手を前にだす。
右手が終わったら右足を、右足が終わったら今度は左手を前にだす。
おちついて少しずつ前に進めば、ゲンキ君達のところへと近づける。
そして、最後に残った左足を前にだそうとしたとき、それは起こった。
まるで、前に進む僕を引きとめるように、カレンさんが僕の足をつかんできたのだ。
いったいなにを？　と僕があわててふりかえると、カレンさんがにたりと笑った。
その顔を見た瞬間、背筋がこおりつく。
さみしくて僕を引きとめたのならそれでよかった。
『わたくしの盾になりなさい』
そういう意味で引きとめたのならそれでよかった。
カレンさんは、そういうのとはちがう意味で、僕の足をつかんできたのだ。
悪い笑みが、その顔にうかんでいる。
そして――カレンさんはまるで崖下に引きずりこむように、僕の足を引っぱった。
引っぱられた瞬間、僕の体はいともかんたんに、水の流れに引きずりこまれた。

まずい、と僕はとっさに両手に力をこめる。

たとえば水の下が土とか地面とかだったら、指をつき立てることができたかもしれないけど、もちろん水の下はただの床だ。

いくら力をこめても、どんどん下流に流されていくのがわかる。

カレンさんはすでに僕を引っぱった力を利用して、手の届かないところに移動していた。

冗談ぬきで、これはヤバい。

なんとかしようにも、まわりにはもうなにもない。

なにかないかと僕はさがす。

あきらめるなと僕は考える。

けれど、手をのばしても、いくら考えても、助けになるようなものはなにもなかった。

――なにもない。

そう、本当になにもない。

パラシュートもつけずに、飛行機から飛びおりたら、たぶんこんな気分になるんだろう。

なにができるか？

なにもできない。
心のなかにぽっかりと穴があいて、体に力がはいらなくなる。
最後に僕は、ゲンキ君達のほうを見あげた。
たとえ僕が脱落しても、ゲンキ君達が優勝すればお母さんは助かるかもしれない。
そういう未来を託すように、僕は顔をあげる。
すると——
「リク！」
ゲンキ君が僕のほうにむかってかけだしてきた。
上流から下流に、なんの迷いもなく、全力で。
「手ぇ、のばせ！」
ゲンキ君が、そう言って手をのばしてくる。
僕はほとんど考えなしに、かけよってくるゲンキ君に手をのばしていた。
そして僕はゲンキ君の手をつかんだ。
つかんだ瞬間、すさまじい力で手を引っぱられた。

水の流れにさからうように、体がぐわりと引きよせられる。
これなら行ける。
これならあがれる。
いまなら何メートルでも何十メートルでも、かけあがれるような気がする。
けれどそれと同時に伝わってくるものがあった。
それは、ゲンキ君の重心だ。
ゲンキ君は、たぶんもう止まれない。
坂道を全力で下ったら、止まれなくなるのといっしょだ。
穴まではすぐそこだ。
スピードを落とす時間はない。
そして、僕とゲンキ君の体がすれちがう。
僕は上流にむかって、ゲンキ君は下流にむかって。
「ゲンキく――」
「ふりむくな！　あきらめんな！　走れぇい！」

「――っ」

ゲンキ君の言葉に、僕はぐっと奥歯をかみしめた。

ふりむきたくなる気持ちを、あきらめそうになった気持ちを、ぜんぶ心のなかでかみくだく。

そして、僕はかけだした。

下流から上流へ、流れにさからって、二本足で。

「リク！」

そして僕は、朱堂さんの手をつかんだ。

しっかりとした力が、手のひらから伝わってくる。

朱堂さんはまるで、根をはった木のようにしっかりとそこに立っていた。

「はぁ、はぁ……っ」

朱堂さんの手をつかんで、僕ははげしく息をする。

朱堂さんの体が目の前にあるからか、水の流れも風の力も、どちらも少し弱まっているような感じがする。

そして僕は、うしろをふりかえる。
ゲンキ君の姿は、そこにはなかった。
水があって、教室の外に穴があって、それ以外はなにもない。
残り7人。
「……」
泣きたくなる気持ちをぐっとこらえて、僕は両足に力をこめる。
ぜったいに優勝しなくちゃいけない。
本当だったら僕は、あそこで脱落していた。
残りはぜんぶゲンキ君達にまかせて、あきらめようとしていた。
そこをゲンキ君が、自分をぎせいにしてまで助けてくれたんだ。
負けるわけにはいかない。
ぜったいにあきらめない。
僕はもういちど覚悟を固めなおす。
「ちょっとあんた！　いったいどういうつもり！」

すると   とつぜん、教室中に朱堂さんの声がひびきわたった。

なにがあったのかと顔をあげると、朱堂さんが僕の手をにぎったまま、ものすごい顔でカレンさんのことをにらみつけていた。

朱堂さんにどなられたあと、カレンさんはわざとらしく自分のまわりにだれもいないことを確認して『わたくしですか？』というような表情をうかべる。

「失礼ですが、きちんと名前で呼んでいただいてよろしいでしょうか？　わたくしにはちゃんと大場カレンという名前がありますので」

「どうでもいいよ、そんなこと！　それよりあんた、さっきリクの足を引っぱったでしょ」

「ええ、引っぱりましたがそれがなにか？」

朱堂さんの言葉に、カレンさんが悪びれる様子もなくそう答える。

「ルール違反だって言ってるんだよ！」

「ルール違反？　それを言うのでしたら、あなた達だって第二のアトラクションのとき、あの目つきの悪い少年をむりやり教室の外にだそうとしたじゃないですか？」

カレンさんが言っているのは、僕達がツバサ君を外にだそうとしたときのことだ。

もちろんあれは、ツバサ君の体を心配してそうしたんだけど、カレンさんが言っているのは僕達が『むりやり』ツバサ君を外につれだそうとしたことだ。

「どうしてあなた達がするのはよくて、わたくしがするのはダメなんですか？」

「私達とツバサは友達だからだよ」

そう朱堂さんが言うと、カレンさんの口もとがにやりとつりあがる。

「それでしたら、わたくしとあなたがたも友達じゃないですか？　少なくともわたくしはそう思っておりますが？」

カレンさんがそう言うと、朱堂さんの表情がいっそうけわしくなった。

カレンさんはその朱堂さんの表情を見て、うれしそうに笑っている。

「……それに、友達かどうかは別にして、ミスターLは最初のルール説明のとき、こうおっしゃっておりましたよ。『この教室からでたら負け』そして『それ以外はなにをしてもいいよ』と。なにをしてもいいのでしたら、だれかの足を引っぱってもいいでしょう？」

そうカレンさんが言ったとき、教室の前にいたミスターLが大きな声で笑いはじめた。

「あっはっはっ、たしかにそうなるかもしれないね」

そう言ったあとで、ミスターＬはあごに手をあててなにかを考えはじめる。

ミスターＬもルール説明をしたとき、まさかこんなことになるとは思っていなかったのかもしれない。

「……うん、じゃあこうしよう。さすがになぐったりけったりするのは禁止だけど、手をつかんだり、足をはらったりっていうのはオーケーってことで」

ミスターＬがそう言った瞬間、教室中に緊張が走った。

他の参加者を脱落させていい、ミスターＬははっきりとそれを認めたのだ。

「……へぇ」

そしてミスターＬの言葉を聞いたあと、朱堂さんはカレンさんのほうを見て静かに笑った。

猫がネズミをしとめる前にうかべるような、冷たい笑み。

いつも朱堂さんがうかべている明るい笑みとは、正反対の笑みだった。

「そういうことなら、これから私がなにをするのかもわかるよね？」

そう言って、朱堂さんは僕から手をはなしてカレンさんのほうへと近づいていく。

水の流れなんてまるで関係ないというように、その足どりはしっかりとしていた。

けれどカレンさんはそんな朱堂さんを見ても、逃げるようなそぶりは一切見せなかった。

「ええわかります、わたくしをむりやり教室から投げ捨てたあと、他のみなさんにも同じようなことをするのでしょう？」

カレンさんの言葉を聞いて、朱堂さんの肩がぴくりとあがる。

「あなたはかなり身長もありますし、力も強そうですからね。一対一であらそって勝てるとは思えません。このままだとあなたがきっと優勝するでしょうね」

どうしてここで朱堂さんをほめるのか？　と僕は不思議に思う。

「わたくしの場合、もしここであなたから逃げても優勝できるとはかぎりません。じまんではありませんがわたくしは身長も低いですし、力もあまり強くありませんからね。一対一の勝負になったらわたくしはきっと負けてしまうでしょう……」

朱堂さんをほめたあとで、今度は自分のことを悪く言いはじめる。

そこまできても、僕にはカレンさんの考えがわからなかった。

それに、いまカレンさんが言ったのは、口にしなくてもわかりそうなことだ。

それをカレンさんは、わざわざみんなに聞こえるように話している。

それはいったいどうしてか？

教室中が静まりかえるなか、口をひらいたのはまたしてもカレンさんだった。

「でもだからこそ……」

ゆっくりと、水の音にかき消されそうなぐらいに小さな声で、カレンさんは言った。

「弱いからこそ、勝てるんです」

そして、カレンさんが笑う。

まるで、その時点で勝つことがきまったような笑顔だ。

そのあとで『ここからが本題です』というように、カレンさんが手をたたいた。

「さて、ここでみなさんに質問します……みなさんが優勝するために一番じゃまになるのは、いったいだれでしょうか？」

その言葉を聞いて、僕はようやくカレンさんの言葉の意味がわかった。

他のみんなが優勝するために一番じゃまになるのは……朱堂さんだ。

たとえばカレンさんが最後の最後に残っても、それほどじゃまにはならない。

なぜならカレンさんは体が小さくて、力も弱いからだ。

言葉を変えれば、カレンさんはいつでもたおせそうな存在だ。

でも、朱堂さんはちがう。

最後の最後になって、朱堂さんと一対一で戦って勝つのはむずかしい。

それだったら、まだまわりに人がいる状態のとき、力をあわせて朱堂さんを外にだしたほうがいい。

もちろん返りうちにあう可能性はあるけど、最後の最後で朱堂さんと二人きりになるよりはよっぽどましだ。

「うあああ！」

そんなことを考えていると、いままでだまって話を聞いていた男の子が、朱堂さんにおそいかかっていくのが見えた。

けれど朱堂さんはその男の子のわきの下に手をさしこんで、軽々と横にひっくりかえしてしまう。

横にひっくりかえされた子は、そのまま水の流れにのみこまれて、教室の外へと流されていってしまった。

あまりにもとつぜんのことすぎて、僕達はなにも言えなかった。

だけどそれは、朱堂さんの実力を確認するのにじゅうぶんすぎるできごとだった。

このままなにもしなければ、優勝するのは朱堂さんだ。

いま教室のなかには6人が残っている。

僕、朱堂さん、カレンさん、そして男の子が二人に、女の子が一人。

そのなかで男の子二人は、たがいに顔を見あわせて、うなずいた。

そして、二人は朱堂さんのほうへと近づきはじめる。

もう一人の女の子はカレンさんの近くで体を低くして、水の流れにたえている。

カレンさんの話はわかったが、それどころではないといった感じだ。

朱堂さんは近よってくる二人の男の子をちらっと見たあと、カレンさんのほうにむかってかけだした。

男の子二人が朱堂さんのところに行くまでにはまだ距離があるから、その前にカレンさんを教室の外にだそうとしたのだろう。

だけどカレンさんは少しもあわてることなく、近くにいた女の子に手をさしのべていた。

女の子はぼうぜんとカレンさんのことを見あげていたけれど、それでもカレンさんの手をとって、その場に立ちあがる。

そしてカレンさんは、その女の子を朱堂さんのほうへと押しやった。

そこには1秒の迷いもない。

まるでものをあつかうように、カレンさんは女の子をつきとばしたのだ。

朱堂さんは、その女の子のことを受け止めていた。

女の子を受け止めたせいで、朱堂さんの足が止まる。

そしてそのすきに、男の子二人が朱堂さんに組みついた。

「このっ……」

さすがの朱堂さんも二人がかりでこられたら、そうかんたんには投げられない。

それに、受け止めた女の子も近くにいるからなおさらだ。

カレンさんはそのあらそいをうれしそうにながめている。

そのあいだ、僕はなにもできなかった。

なにもしないで、ただその様子を見ているだけだ。

そのとき、朱堂さんと目があった。

朱堂さんは僕のほうを見たあと、なにかを託すように笑う。

「リク、あとはまかせたよ」

そして朱堂さんは、男の子二人と女の子、全員の腰に手をまわして、そのまま水のなかにたおれこんだ。

「うわっ！」

「てめっ！」

水のなかで、男の子達がもがきはじめる。

それでも朱堂さんが水のなかに引きこんでいるから、立ちあがることができない。

そのままの状態で、朱堂さん達はどんどんと流されていく。

それはまるで、できの悪い流しそうめんみたいだった。

そして朱堂さん達は、ろうかにあいた穴のなかに落ちていく。

残り二人。

「あっはっはっ！」

朱堂さん達が穴に落ちた瞬間、カレンさんの笑い声が教室にひびきわたった。

「あー、おかしい。ここまでうまくいくなんて思ってもいませんでした」

カレンさんが、なみだを流して笑っている。

本当に、おかしくておかしくてたまらない、そういう笑い方だ。

「なんで……そんなひどいことができるの？」

そんなカレンさんに対して、僕はおもわずつぶやいていた。

そのつぶやきに対して、カレンさんはいつものニヤニヤ笑いをうかべる。

「ひどいっていうのはどういう意味ですか？　わたくしはただ、やれることをやっただけです」

そのとき僕は、カレンさんがさっき言った言葉を思いだしていた。

『弱いからこそ、勝てるんです』

たしかにカレンさんの言うとおりになった。

弱いからこそ、カレンさんはほうっておかれて、朱堂さんよりも長く教室のなかに残ることができたんだ。

「そこまでして優勝したいの？」

「もちろんです。もっともわたくしはあなたのような馬鹿なお願いをする気はありませんが」

「馬鹿なお願い？」

「ええ、わたくしはあなたのように『お母さんを助けたい』だなんてお願いをするつもりはございません。わたくしが優勝してかなえてもらうお願いはただひとつ……お金です」

どこかじまんげに、カレンさんはそう言った。

お金のために優勝する。

それがカレンさんがこの大会に出場した理由だ。

「……カレンさんにとって、お金ってお母さんより大事なの？」

「さあ？」

僕の質問に、カレンさんは首をかしげてそう答えた。

なにも言わない僕に対して、カレンさんは言葉をつづける。

「そもそも、わたくしには母親がいませんので、よくわかりません」

「……え？」

お母さんがいない、という言葉を聞いて、僕は一瞬頭のなかが真っ白になった。

もちろんそれは、カレンさんの嘘かもしれなかったけど、僕はそれが嘘だとは思わなかった。

サバイバル教室が始まったとき、マザコンさん、とカレンさんは僕のことをそう呼んだ。

もちろんあれは、僕のことを挑発したんだろうけど、もしかしたらカレンさんはうらやましかったのかもしれない。

お母さんのいる家が、お母さんのことを楽しそうに話す僕のことが。

だからカレンさんは僕に対してきつくあたっているのかも――。

と、そう考えたとき、カレンさんの笑みが消えた。

真剣になったというよりは、なにも言わない僕を見て興味がなくなった、という感じだ。

「……あなたのそういうところ、本当にはきけがします」

そして、かなり声をおさえながら、はきすてるようにカレンさんが言った。

「お母さんがいないと聞いて、あなたどう思いました？　かわいそうとでも思いましたか？　それとも『ああ、だからこんなに性格が悪いのか』とでも思いましたか？」

カレンさんの言葉に、僕はどきりとする。

あたっているってわけじゃないけど、まちがっているってわけでもなかったからだ。

「馬鹿なことを考えないでくださいな。母親がいようがいまいが、わたくしの性格は変わりません。わたくしはわたくし、大場カレンです。わかりましたか？　マザコンさん」

そう言ってカレンさんは、ゆっくりとこちらにむかってふみだしてきた。

教室のなかにはもう二人しかいない、だったらこの状況ですることはひとつだけだ。

その迫力におもわず僕はさがりそうになる。

カレンさんのほうが僕より背が低いし、力もない。

だけど、そのハンデをものともしない気迫がカレンさんにはある。

カレンさんはたぶん、どんな状況であっても自分を変えない。

優勝するときめたら、ぜったいにそこが変わることはない。

ふてぶてしい笑みをうかべながら、ゆっくりとこちらに近づいてくる。

あなたはどうですか？　と聞かれているみたいだ。

僕はちがう。

『……たとえばここで俺が重い病気にかかってるって言ったら、おまえはどうすんだ？』

僕はツバサ君にそう聞かれたとき、なにも言えなかった。

すぐにそれは冗談だって言ってくれたけど、もしそれが本当だったら？

いま考えても答えはでない。

覚悟だって、今日だけで何回固めなおしたかわからない。

本当だったら1回でいい。

そういう強さが、僕にはない。

かんたんに迷うし、かんたんにゆらぐ。

カレンさんとはちがう。

そしてカレンさんが、僕のすぐ目の前にまでやってきた。

おたがいの目のなかが見える距離だ。

頭をさげればあたる距離だ。

そしてカレンさんは僕のえりをつかんで、思いきり下へ引いてくる。

「……っ」

そのときになって、僕はとっさにカレンさんの腕をつかみかえしていた。

けれども僕はそのまま、水のなかにしずめられる。

カレンさんの腕をつかんでいるから、流されることはなかったけど、息ができなかった。

水にしずめられた状態で、僕はカレンさんの足をすくう。

そうしてカレンさんを、水のなかに引きずりこんでやった。

流されていくのがわかる。

そのなかでカレンさんは僕を床のほうへと押しつけてきた。

息ができない。

僕はもがく。

もがいてもがいて、なんとか体を反転させる。

大きく息を吸いこんだ。

今度はカレンさんが下だ。

けれどそのあいだに、かなり流されてしまっている。
あとどのぐらいで教室の外にでるのか？
そう思った瞬間、下からぐんと、おなかを押された。
押された衝撃で、僕はカレンさんから手をはなしてしまった。
けれどもカレンさんは手をはなしていない。
また水のなかにしずめられた。
そのなかで僕は足の裏をしっかりと床につけて、おなかをつきあげる。
手を使わないブリッジをして、上にいたカレンさんを横へずらす。
カレンさんの手がはなれた。
それと同時に僕は四つんばいになって、必死に流れにさからっていく。
流されてたまるか。
そうしてなんとか、教室の真ん中のほうにまでもどってこられた。
もどってくる途中で、カレンさんに足首をつかまれた。
そして僕はまた、水のなかに引きずりこまれる。

——そういうことが何度もつづいた。

引きずりこまれて、

引きずりこんで、

水に流されて、

はいあがって、

相手をたおして、

相手にたおされて、

何度も何度もそれをくりかえす。

気が遠くなるような回数。

どのぐらいかもわからないような時間。

服が水を吸って、かなり体が重くなっている。

体力がなくなってきて、足に力がはいらない。

体が冷えて、心臓がふるえる。

つらい、苦しい、冷たい。

そういう言葉で頭のなかがうめつくされていく。
いったいいつまで、こんなことをつづけるのか。
もちろんそれは、どちらかが教室の外にでるまでだ。
どうやったら教室の外にだせるのか。
いくらたおしても、いくら引きずりこんでも、何度も何度も立ちあがってくる。
体力の勝負じゃない。
ここまできたらもう、あとは心の勝負だ。
どっちの心が先に折れるかだ。
どっちが先に相手をあきらめさせることができるかだ。
そう考えたとき、頭のなかでひとつの疑問が思いうかんだ。
カレンさんの心を折る？
カレンさんをあきらめさせる？
たとえば力でカレンさんに勝つことはできるかもしれない。
たとえば運でカレンさんに勝つことはできるかもしれない。

でも、心の勝負でカレンさんに勝つことが本当にできるのか？

ああ、また迷っている。

もし僕がカレンさんだったら、こういうときに迷うことはないだろう。

もちろん優勝したいっていう気持ちなら僕にもある。

お母さんを助けたい、その気持ちに嘘はない。

でも、それと同じぐらいカレンさんはお金がほしいって思っているんだろう。

思いの強さはたぶんいっしょだ。

それ自体にどっちが上か下かなんてない。

『お金なんて』と僕が言ったら、カレンさんは『家族なんて』と言いかえしてくるだろう。

それより、もっと奥にあるもの。

ぜったいに変わらない『自分』っていうものの大きさ。

いまくらべているのはそういう部分だ。

たとえばそれは絵みたいなものだ。

大場カレンっていう絵の大きさ。

桜井リクっていう絵の大きさ。
その大きさを、僕達はくらべあっている。
『母親がいようがいまいが、わたくしの性格は変わりません』
あのとき、カレンさんが言った言葉は本当にそのとおりだと思う。
『わたくしはわたくし、大場カレンです』
たとえば親がいようがいまいが、カレンさんはカレンさんだ。
僕はちがう。
もしお母さんがいなかったらと思うとぞっとする。
もし、お父さんがいなかったら？
もし、ソラがいなかったら？
もし、ゲンキ君がいなかったら？
もし、ツバサ君がいなかったら？
もし、朱堂さんがいなかったら？
「関係ありません」と、カレンさんだったら言うだろう。

「だれがいようがいまいが、わたくしはわたくしです」カレンさんだったら胸をはってそう言うだろう。

そう言える強さが、カレンさんにはある。

そしてそれがそのまま、カレンさんっていう絵の大きさになっている。

僕はちがう。

失うのがこわい。

だれかが一人でもいなくなったら、たぶん僕は僕でいられない。

僕は弱い。

たぶんカレンさんは、一人でだって生きていける。

僕はちがう。

一人じゃあ、生きていけない。

――と、そこまで考えたとき、僕の頭のなかになにか電流のようなものが流れた気がした。

あれ？

ちがうか？

そんなことを思う。

一人じゃあ、生きていけない。

それってつまり、言葉を変えれば――

「あ、そっか」

そのとき、僕はおもわずつぶやいていた。

いま僕達は教室の真ん中のほうで、おたがいの肩をつかみあっている。

はたから見れば、まるで円陣を組んでいるように見える状態だ。

「いきなりなんですか？」

僕のつぶやきに、カレンさんは不思議そうな顔をしてそう言った。

「いや、やっぱりカレンさんはすごいんだなあって……」

そう言って、僕はおもわず笑ってしまった。

僕自身、まさかこんなことを言うだなんて思ってもいなかったからだ。

「だってカレンさんは、たった一人でもカレンさんでいられるじゃない」

僕の言葉を聞いても、カレンさんはなにも答えない。

それでも僕は言葉をつづけた。

「僕はちがうよ。お母さんがいて、お父さんがいて、妹のソラがいて、友達のゲンキ君がいて、ツバサ君がいて、朱堂さんがいて……だから僕は僕でいられるんだ」

そこで僕は一息つく。

カレンさんは自分一人でもカレンさんでいられる。

それがカレンさんの絵の大きさだ。

でも、僕はちがう。

「ぜんぶひっくるめて僕は桜井リクなんだ」

言葉にだして、僕はああそうだ、と納得する。

僕のなかには、こんなにも大切な人がいる。

お母さん。

お父さん。

ソラ。

ゲンキ君。

ツバサ君。

朱堂さん。

数えきれないほどたくさん。

ぜんぶあわせて、僕でいられる。

まるでジグソーパズルみたいに組みあわさって、桜井リクっていう大きな一枚の絵ができる。


だからこそ、がんばれる。

だからこそ、全力をだせる。

失わないように。

それがひとつでもなくなったら、僕は僕でいられなくなるから。

だからこそ、命だってかけられる。

心の勝負？

望むところだ。

絵の大きさ？
かかってこいよ。
「たった一人に負けるもんか」
参ったか、と僕は笑った。
だけど、なにかがたりなかった。
僕をつくっているジグソーパズルの、そのなかのなにかがたりない。
なんだっけ？　と僕は思う。
だれだっけ？　と僕は考える。
ミスターL？　と考えて僕は首を横にふる。
じゃあ、他にだれがいたっけ？
「最後まで、気持ちの悪いことを……」
僕がそう考えているとき、カレンさんが僕の体を押しこんできた。
それに負けじと僕はカレンさんのことを押しかえす——ことはせずに、むしろ自分から
あおむけにたおれこんでやる。

そうすると、カレンさんの体がふわりとういて、僕の体の上を大きく飛びこえていった。

「お、すごいねそれ、巴投げってやつだよ」

水の流れにのみこまれないように体をすぐに起きあがらせると、ミスターLがそんなことを言ったのが聞こえた。

一方カレンさんは僕に投げとばされたあと、すぐさま立ちあがって、こちらをにらみつけている。

さあこい、と僕は両手をひろげた。

そうして僕達はまた組みあった。

まるで子供のケンカみたいに。

投げて、
投げられて、
また組みあって、
いっしょにたおれて。

そういうことをくりかえす。

もう僕は、流れにさからおうとはしなかった。
もうもどらない。
もうもどらせない。
僕も。
カレンさんも。
これで最後だ。
どちらかがいなくなるまで。
どちらかが、教室の外に流されるまで。
残り3メートル。
2メートル。
1メートル。
そこで組みあう。
足をとられたら負けだ。
少しでも流されたら負けだ。

そういうところに僕達はいる。
そういうところで僕達は戦う。
体力を使いきって。心をけずりあって。最後の最後のところまで。
そのとき、声が聞こえた。
体力がなくなって、心がすりきれそうなとき、頭のなかで声が聞こえてきた。
僕のなかにある声。
その声を聞くと、力がわいてくる。

『優勝しろよ』
これはツバサ君の声。
『ふりむくな、立ち止まるな、走れぇい！』
これはゲンキ君の声。
『リク、あとはまかせたよ』
これは朱堂さんの声。

『そうだなぁ』

そしてこれは――

『リクのためなら、命だってかけられるよ』

お母さんの声。

一人じゃないんだ。

僕は一人じゃない。

一人だったら、僕はここまで、これなかった。

一人で、ここまでこれるほど、僕は強くない。

でも――

『弱いからこそ、勝てるんです』

そうだよね、カレンさん？

そう考えたとき、最後のピースがかちりと音を立ててはまった気がした。
ああそうだ。
カレンさんもいるんだ。
僕の心のなかに。
僕をつくるジグソーパズルに。
敵として、
ライバルとして、
カレンさんがそこにいる。
ぜんぶひっくるめて僕なんだ。
「ありがとね」
おもわず僕は口にだしていた。
最後の最後の最後の最後のところで、

カレンさんにこれだけは伝えたかった。

「カレンさんでいてくれて」

「なんですか、それは……」

僕の言葉を聞いて、カレンさんがそう言った。

まさかここで答えてくれるとは思っていなかったので、僕は顔をあげてカレンさんのほうを見る。

カレンさんは眉間にしわをよせて、僕のことをにらみつけている。

「あなたに……」

と言って、カレンさんはいちど言葉をきる。

言葉をきって、なにかを考えるように下をむいたあと、もういちど顔をあげて、僕のほうを見た。

「リクに言われなくても、わたくしはわたくしです」

と、カレンさんは笑った。

いつもうかべているあのニヤニヤ笑いじゃない。

本当にうれしいとき、おもわず口もとにうかんでしまう、そんなニヤニヤ笑いだ。

その顔を見ると、おもわず僕も笑ってしまう。

そして、僕達は力をこめる。

少しでも相手を押しやるように、
1センチでも1ミリでも、相手を動かすように。

そしてとつぜん、
本当にとつぜん、
カレンさんのひざがかくんと折れた。

カレンさんの体から力がぬけていくのがわかった。

これ以上は危ない、と僕はとっさにカレンさんから手を引く。

僕が手を引いたあとのカレンさんは、教室のふちで、なんとかふみとどまろうと体を大きく動かしていた。

前に動いて、うしろによろめいて、その場でくるりと一回転する。

それはまるで、踊っているみたいだった。

流れる水の上とは思えないぐらいに、その踊りはきれいだった。

そしてその踊りの途中で、カレンさんは足をふみはずす。

教室の外、ろうかにあいた穴のほうへカレンさんの体がゆれる。

このままだと、カレンさんが落ちる。

そう思った僕は、とっさにカレンさんのほうへ手をのばしていた。

カレンさんは一瞬、僕の手をつかもうとして——その手をふりはらう。

「ねえ、リク」

僕の手をふりはらったあと、ろうかの穴へと落ちていく途中で、カレンさんは僕の名前を呼ぶ。

「——」

そして、カレンさんはなにかを言った。

なんて言ったのか、僕には聞こえなかったけど、なぜだか、カレンさんは満足そうな笑みをうかべて、穴のなかへと落ちていった。

水の流れが弱まってくる。

水の流れが弱まって、床が見えるぐらいになったあとで、ろうかと教室をわける壁がゆっくりとおりてくる。

残り一人。

そうして僕は教室のなかの最後の一人になった。


「コングラチュレーション！」


静かになった教室のなかに、ミスターＬの声がひびく。

ミスターＬは教室の前で両手を大きくひろげて立っていた。

「ラストサバイバル！　今回の優勝者はまたもや桜井リク君だ！」

ミスターＬの言葉を聞いて、ああそうか、と僕は思う。

優勝したんだ。

ラストサバイバルで、僕はいま、優勝したんだ。

「さて、リク君。いちおう聞いておくけど、君のお願いは『お母さんを助ける』ってことでよかったよね？」

「え、あ、はい……」

ミスターLに聞かれて、僕はあわててうなずいた。

『お母さんを助ける』それが僕がかなえたい願いごとだ。

今回の大会が始まってから、そこだけはぜったい変わらない。

「オーケー、オーケー、それじゃあさっそく手配しておくよ」

まるで、お使いをたのまれたお父さんのように、ミスターLは軽く言った。

「……君は本当にすばらしい」

そして僕がなにも言わないでしばらく立っていると、ミスターLがそうつぶやいた。

「カレン君が、君に対して最後になんて言ったのか、聞いていたかい？」

カレンさんが最後になんて言ったのか、それは僕も気になる。

そもそも、カレンさんが僕の名前を呼んだことなんて数えるぐらいしかない。

そのなかでカレンさんは最後になんて言ったのか？

「『おめでとうございます』と言ったんだ。あのカレン君が、なんと君をお祝いするような言葉を言ったんだよ？」

「……え？」

ミスターLの言葉を聞いて、僕はまさか、と思った。

あのカレンさんが、おめでとうございます？

「ほ、本当ですか？」

「本当だとも、君達の腕時計にはマイクがとりつけられていてね、なにを言っているのかはぜんぶわかるんだ」

そうミスターLは言ったけど、僕は信じられなかった。

そりゃあカレンさんに認めてもらえるんならうれしいけど、やっぱり信じられないっていう気持ちのほうが強い。

もしかしたらそれはミスターLのついた嘘だったのかもしれないけど、ここでミスターLが嘘をつくとも思えなかった。

「……やっぱり、私の目に狂いはなかった」

なんてことを考えていると、もういちどミスターLがつぶやく。

「どういう意味ですか？」

「君はすばらしいとそう言ったんだよ。君のためならもういちどぐらい……いや、何度だってラストサバイバルを開催してもいいぐらいにね」

もちろんそれは、ミスターLの冗談なんだろうけど……僕にはそれが冗談には思えなかった。

今回の大会をやることになったのは、ミスターLが僕に興味を持ったからだって言っていたけど、どこまで本気なのかはわからない。

「とにかくおめでとう！　桜井リク君。私は君の優勝を心から祝福するよ」

すると、ミスターLはパン、と手をたたいて両手を大きくひろげた。

そうして、今回のサバイバル教室は幕を閉じた。

ラストサバイバルから数日後

僕はいま、お母さんが入院している病院にきていた。

あのあと——サバイバル教室が終わった直後、すぐにお母さんの手術が行われた。

手術が成功して数日たったけど、僕はまだお母さんに会っていない。

だから手術が終わったあとでお母さんと会うのは、これが初めてってことになる。

「——にしても、ろうかの穴のなかがあんな感じになってるだなんておどろいたな！　ああいう装置の裏って、俺初めて見たぜ」

「私はそれどころじゃなかったけどね……四人まとめて落ちた感じだったからさ」

「つーか、うるせーよゲンキ。病院なんだから静かにしやがれ」

お母さんの病室にむかう途中、うしろからついてきているゲンキ君達がそんなことを話していた。

「えっとさ……どうしてついてくるの？」

ゲンキ君達のほうをふりかえりながらそう聞くと、ゲンキ君がきょとんという表情をうかべる。

「え？　だってリクの母ちゃんがどういう感じなのか見てえし」

「まあ、そのために私達もがんばってたわけだからね」

ゲンキ君達にそう言われてしまうと、僕はもうなにも言いかえせない。

「……でも、ついてきてもなにもおもしろくないと思うよ？」

「別に、おもしろそうだからってついてきたわけじゃねえから気にすんな」

ツバサ君はそう言ってくれたけど、僕としてはそもそもついてきてほしくないっていうのがある。

僕自身、お母さんと話すのは久しぶりだ。

それがいったいどういう感じになるのか、僕にはまったく予想がつかない。

なんだかんだで緊張している。

どんな顔をすればいいのか、どんな話をすればいいのか。
ああもう、どうしてお母さんに会うだけで、こんなことを考えなきゃいけないのか。
そう考えているうちに、病室についた。
病室のドアの前で、僕は立ち止まる。
僕が立ち止まると、ゲンキ君達も僕のうしろで立ち止まった。
「……わかったよ」
深呼吸をして、僕はゆっくりとドアを開いていく。
――けど、
お母さんはそこにいなかった。
空っぽのベッドが目の前にあって、そこにお母さんはいない。
病室がまちがっているわけじゃないはずだ。
「……お母さん？」
不安がお腹のなかからこみあげてくる。
どこに行ったのか？

そう思いながら病室に足をふみいれたときだった。

「ワッショーイ！」

とつぜん、ドアのかげにかくれていただれかが、僕のほうに抱きついてきた。

いや、だれか、なんてきまっている。いきなりこんなことをしてくるのは僕の知っているなかで一人しかいない。

「お、お母さん？」

思ったとおり、僕に抱きついてきたのはお母さんだった。

「うわーん、リクー、会いたかったよー！」

そう言いながらお母さんが僕にむりやりほおずりをしてきた。久しぶりのお母さんのにおいはすごく安心したけど、それよりいまは恥ずかしさのほうが強い。

「ちょ、や、やめてよお母さん。それより、そんな動いてだいじょうぶなの？」

「……あー、いや、実は看護師さんにはあんまり動かないでって言われてんだけどさ……」

「だったら、ちゃんと寝ててよ！」

「はいはい、了解しましたよっと……」

そうして、僕はようやく解放されたけど、今度はお母さんは病室の外でならんでいるゲンキ君達のほうを見て固まってしまった。

ゲンキ君達も、いったいどういう反応をしたらいいのかわからないというように、その場に立ちつくしている。

「わはー！」

そして、またもやお母さんが大きな声をあげた。

「え、なに？　リクの友達？　なに、もう言ってよ。くるってわかってたら、もっとちがうこと考えたのにー」

「いいから早く、ベッドにもどってよ……」

そう言って、僕はむりやりベッドのほうへお母さんをもどす。

「……なんか、話に聞いていたよりすごいパワフルな人だね」

お母さんをベッドにもどしている途中、朱堂さんがそんなことをつぶやくのが聞こえた。

ふりかえってみると、朱堂さんの言葉にゲンキ君もツバサ君もうなずいている。

「いやー、それにしてもさ。お父さんから聞いたよ？　リクってばまたあのすごい大会にでて優勝したんだって？」

むりやりベッドに座らせたあと、お母さんはそんなことを言った。

だれのためにでたと思ってるのさ、と心のなかでつぶやいたけど、実際に口にはしない。お母さんを助けるためっていうのはあるんだけど、それを口にして気にされるほうがよっぽどいやだったからだ。

「……ねえリク」

そんなことを考えていると、お母さんが僕の名前を呼んだ。

またなにを言われるかわかったもんじゃないぞ、と思いながらお母さんのほうを見ると、お母さんはまっすぐに僕のほうを見つめていた。

「ありがとね」

そう言って、お母さんは笑う。

その笑顔を見たとき、僕の胸のあたりからなにかがこみあげてきた。

「……とつぜん、なにを言いだすのさ」

このままだと泣きそうだったから、僕はごまかすようにお母さんから視線をそらす。

だけどお母さんはそんな僕の反応を見て、くすくすと笑っているみたいだった。

「いやー、やっぱり私はリクのそういうところ大好きだなぁ」

「そういうところって、どういうところですか？」

「ん？　ぜんぶ」

朱堂さんの質問に、お母さんはさらりと答える。

答えたあとで、お母さんは僕のほうに手をのばしてきた。

「ほら、リク、頭なでてやるからこっちきなさい」

「やめてよ、お母さん。恥ずかしいから」

そう言って僕がお母さんからはなれようとすると、いつのまにかゲンキ君が僕の右腕をがっちりつかんでいた。

「なーに照れてんだリク？　おい、ツバサ、反対側持て」

「了解」

「ツバサ君までなにすんの!?」

そんなことを、やりとりしながら僕は『ああ、もどってきたんだな』と思った。

いつもの日常に。

いつもの生活に。

そうして僕達は、さわぎを聞きつけた看護師さんに怒られるまで、お母さんといっしょに笑いあっていた。

第3弾へつづく

集英社みらい文庫

生き残りゲーム
ラストサバイバル
でてはいけないサバイバル教室

大久保開　作
北野詠一　絵

ファンレターのあて先
〒101-8050　東京都千代田区一ツ橋2-5-10　集英社みらい文庫編集部
いただいたお便りは編集部から先生におわたしいたします。

2017年10月31日　第1刷発行
2018年 8月13日　第6刷発行

発行者　北畠輝幸
発行所　株式会社 集英社
〒101-8050　東京都千代田区一ツ橋2-5-10
電話　編集部 03-3230-6246
読者係 03-3230-6080
販売部 03-3230-6393（書店専用）
http://miraibunko.jp
装丁　諸橋藍（釣巻デザイン室）　中島由佳理
印刷　図書印刷株式会社　凸版印刷株式会社
製本　図書印刷株式会社

ISBN978-4-08-321400-4　C8293　N.D.C.913　184P　18cm

負けない!!!

熱くて楽しいチームに感動!

FC6年1組

クラスメイトはチームメイト! 一斗と純のキセキの試合

作 河端朝日 絵 千田純生

定価:本体640円+税

負けっぱなしの弱小サッカーチーム、
山ノ下小学校FC6年1組。
次の試合に勝てなければ解散危機の
チームのために2人の少年が立ち上がった。
仲間を愛する熱血ゴールキーパー・神谷一斗と
転校生のクールなストライカー・日向純。
2人を中心に8人しかいないチームメイトが
ひとつになって勝利をめざす!
それぞれの思いがぶつかる負けられない一戦のなか、
試合の終盤におきたキセキは…!?

伝説が1冊になった！

夏の甲子園100回大会記念！
甲子園の伝説ランキングを大発表！
怪物投手、ホームラン王、激闘の延長戦、奇跡の逆転劇、
因縁のライバル、涙の一球、伝説の大記録、感動のドラマ、
100年の歴史のなかでナンバー1にかがやくのは…!?

シリーズ絶賛発売中!!

イラスト・フルカワマモる

実況！空想サッカー研究所
もしも織田信長がW杯に出場したら
作・清水英斗

実況！空想サッカー研究所
もしも織田信長が日本代表監督だったら
作・清水英斗

実況！空想野球研究所
もしも織田信長がプロ野球の監督だったら
作・手束 仁

空想研究所

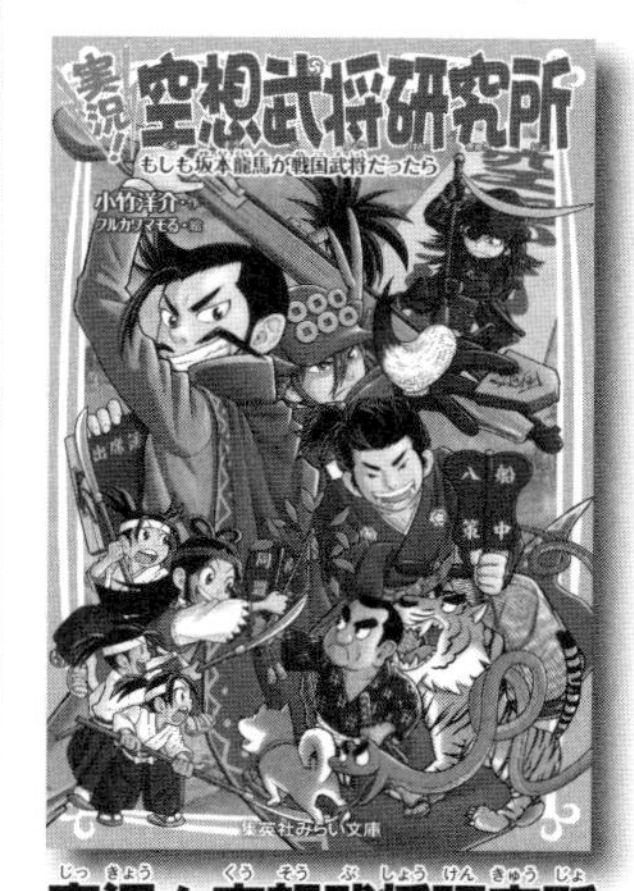

実況！ 空想武将研究所
もしも坂本龍馬が戦国武将だったら
作・小竹洋介

実況！ 空想武将研究所
もしも織田信長が校長先生だったら
作・小竹洋介

実況！ 空想武将研究所
もしもナポレオンが戦国武将だったら
作・小竹洋介

「みらい文庫」読者のみなさんへ

言葉を学ぶ、感性を磨く、創造力を育む……、読書は「人間力」を高めるために欠かせません。
たった一枚のページをめくる向こう側に、未知の世界、ドキドキのみらいが無限に広がっている。
これこそが「本」だけが持っているパワーです。

学校の朝の読書に、休み時間に、放課後に……。いつでも、どこでも、すぐに続きを読みたくなるような、魅力に溢れる本をたくさん揃えていきたい。読書がくれる、心がきらきらしたり胸がきゅんとする瞬間を体験してほしい、楽しんでほしい。みらいの日本、そして世界を担うみなさんが、やがて大人になった時、「読書の魅力を初めて知った本」「自分のおこづかいで初めて買った一冊」と思い出してくれるような作品を一所懸命、大切に創っていきたい。

そんないっぱいの想いを込めながら、作家の先生方と一緒に、私たちは素敵な本作りを続けていきます。「みらい文庫」は、無限の宇宙に浮かぶ星のように、夢をたたえ輝きながら、次々と新しく生まれ続けます。

本を持つ、その手の中に、ドキドキするみらい――。
本の宇宙から、自分だけの健やかな空想力を育て、〝みらいの星〟をたくさん見つけてください。
そして、大切なこと、大切な人をきちんと守る、強くて、やさしい大人になってくれることを心から願っています。

2011年　春

集英社みらい文庫編集部